一途に好きなら死ぬって言うな

松藤かるり Karuri Matsufuji

アルファポリス文庫

https://www.alphapolis.co.jp/

目次

序章　飼育小屋のゆめ

彼女はうさぎ小屋の白うさぎに似ていると、小学三年生の私は考えていた。

「ねえ。うさぎさん、撫でてもいい？」

白うさぎのように白く透き通った肌、ロップイヤーの垂れた耳のようにふわりと揺れるおさげの黒髪。うさぎのようにぱっちりとした瞳が私を見つめている。

彼女とは、校内で会うことはなかったが、放課後になると会える。こうして声をかけられるのも初めてではない。見慣れた彼女の姿に私は微笑んで金網《かなあみ》の戸を開ける。彼女は嬉しそうに口元を緩め、飼育小屋の庭に入った。

飼育委員がうさぎ小屋の掃除をするのは放課後だ。掃除は、うさぎや烏骨鶏《うこっけい》を庭に出して行われる。飼育小屋の庭は金網《かなあみ》で囲まれ、うさぎや烏骨鶏《うこっけい》が飛び越えられない高さになっているので脱走の心配はない。

うさぎたちは土を掘ったり腹ばいになったりして外の空気を楽しんでいる。うさぎがくつろぐのを邪魔しないよう、少し離れたところで彼女はしゃがみこんだ。

「ユメちゃんは？」

うさぎを眺めていた彼女は、こちらに振り返って問う。

私は首を横に振ってから答えた。

「まだ出てきてないの。穴の奥に隠れているのかも。見つけたら庭に出すね」

「うん。出てくるのを待ってるね」

飼育小屋には、三匹のうさぎ――ユメとブチとロップがいた。特に彼女のお気に入りは、白とブルーグレーのマーブル模様が特徴のユメ。穴掘りを好み、一度穴に入るとなかなか出てこない。

私はユメを探しに小屋に戻る。小屋の中は背の低い仕切りで分けられ、烏骨鶏《うこっけい》とうさぎを別々の部屋にしていた。

しかし、烏骨鶏《うこっけい》は飛ぶので仕切りなんて飛び越えてしまうし、うさぎも穴を掘ってトンネルを作るから、もはや仕切りの意味はなくなっていた。

小屋には、うさぎトンネルがいくつもある。ユメが好むのは飼育小屋の端にあるトンネルで、相当深くまで掘っているので覗きこんでも先は見えない。小屋の壁に沿って作られているので、いつか地上に出てしまうかもしれないと心配になるけれど、トンネルに耳を近づければ中から物音がするので大丈夫だろう。

「ねえ」

ユメを探すことに夢中になっているうちに、気づくと彼女が小屋に入りこんでいた。普段、小屋の中まで入るのは飼育委員しかいないけど、他の人をいれちゃだめってルールはない。

彼女はユメを探しにきたというより、私とおしゃべりをしにきたようだった。

「今日は小屋掃除いつ終わるの？」

「もうちょっと」

「終わったら一緒に遊ぼうよ」

「終わったらね」

そっけなく答えたのは、彼女の大きなまんまるの瞳に見つめられるのが恥ずかしかったからだ。本当は彼女が私に声をかけてくれたことが嬉しい。

彼女はうさぎを撫でている時のように柔らかく微笑んで、ぴょんとその場で跳ねた。

「やった！　私、あなたと遊びたいなって思ってたの」

「私と？」

「だって私たち友達でしょ？」

噛みしめるように言って、彼女は小屋の外に出ていった。うさぎたちは構ってくれないことにふて腐れているのか、庭の隅で座りこんでまんまるになっている。

彼女はブチとロップを撫でたあと、私に聞こえるよう大きめの声で言った。

「ジャングルジムのところで待ってるね。小屋掃除が終わったら遊ぼうね」

遊ぶ約束を取り付けて満足したのか、彼女が飼育小屋の庭を出ていく。向かう先はジャングルジムだろうけど、それは校庭の端にあって、ここからだと体育倉庫に隠れて見えない。

私は再び小屋掃除に戻る。烏骨鶏《うこっけい》の部屋にある止まり木についた糞尿《ふんにょう》を片付け、水入れの水を取り替える。昼休みに与えた野菜くずの餌は空っぽになっていたので器を洗い、そこにペレットや飼料《しりょう》を入れる。

あとは庭に出ているうさぎと烏骨鶏《うこっけい》を小屋に戻して終わりだ。

私が掃除をしている間もユメは出てこなかった。穴の奥にいることは間違いないと思うけれど。覗きこんでも姿は見えない。

私は、なかなか出てこないユメに少しだけ苛立った。もしもユメが出てきていたら彼女は喜んだはず。ユメを抱っこして頭を撫で『かわいいね』と微笑んでいただろう。その姿を眺めるのが好きだったから、どうしても彼女に会わせてあげたかった。彼女はジャングルジムで待っているから、出てきてくれればまだ間に合う。

私は諦めず、ユメがいるだろう穴を覗きこむ。

「ユメー？　でておいでー」

声に反応したのか、もぞもぞと動く音が聞こえる。

ユメは何をしているのだろう。

せめて姿が見えれば。手が届く範囲にいてくれたら。もっと覗きこめば――夢中になって身を屈め、地面に顔を近づけるようにして覗きこむ。

「あ」

瞬間、何かが落ちていった。すり鉢状《ばちじょう》になった入り口に落ち、トンネルに吸いこまれるかのように奥へと消えてしまった。

嫌な予感がしてキュロットスカートのポケットを探る。何か落ちるようなものと考えた時、私の頭にはそれしか思い浮かばなかった。

右にないのなら左のポケットも。そうして探したけれど、ない。

ポケットに入れていたはずの飼育小屋の鍵がなくなっていた。

「うそ……」

トンネルに落ちていったのは間違いなく鍵だろう。あたりを探すも鍵や鍵についていたキーホルダーも見当たらない。トンネルに手を差し込んでみたけれど、じめついた土以外の感触はなく、ユメも出てくる気配がなかった。

私は慌てていた。落とし物については注意されていたがこんなことになるなんて。早く先生に話さなきゃいけないと、庭に出ていたうさぎや烏骨鶏《うこっけい》を小屋に戻し、扉を閉める。鍵がないから不安だったけれど、近くにあった石を置いて扉が開かないようにした。

職員室に走っていく前に、飼育小屋近くの花壇《かだん》に立てかけたランドセルを確かめる。放課後、飼育小屋に入る子たちは、ここにランドセルを置いていた。

置いてあるのは今日も私のだけだ。彼女はランドセルを持ってきていないのか、別のところに置いているのか、この時間はいつも私のしか置いていない。

トラブルが起きたから遅くなると彼女に伝えた方が良いのか少しだけ迷った。けれどジャングルジムに寄れば校舎に戻るのが遅くなる。

先生に伝えるのを優先し、振り返らずに走り出す。息を切らしながら鍵を落としたと伝えれば、飼育委員担当の先生は「仕方ないなー」と笑って懐中電灯を手にした。今までにも鍵を落とした子がいたらしく、その時は見つからなくて大変だったなんて話を聞きながら再び校庭を駆け、先生と一緒に飼育小屋に戻る。

落としたと思われるユメのトンネルを指さすと、先生が懐中電灯を向けた。

「こりゃ深くにあるな。ちょっと待ってろよ」

掃除に使う竹箒《たけぼうき》を持ってくると、柄《え》を差し込む。

「お。なんだ、この穴随分深くまで……よ、っと」

熊のように大柄な先生の額に汗が浮かぶ。

飼育小屋のじめじめとした湿度に、動物の独特のにおい。

穴の前で屈む先生の背をおもちゃと勘違いしたのか、烏骨鶏《うこっけい》が飛び乗ってはバサバサと羽ばたいて羽根を散らした。先生の邪魔になってはいけないと、私は急いで烏骨《うこっ》鶏《けい》を退かす。

そんな状況だったからか、鍵を取り出すのは難航《なんこう》した。

「……よーし、取れたぞー」

先生が飼育小屋の鍵を掴んだのは夕日が校庭を赤く染める頃。竹箒《たけぼうき》一本では取れず、もう一本の箒《ほうき》を持ってきたり火ばさみを持ってきたりと試行錯誤《しこうさくご》の末だった。

「ありがとうございました」

「なんとかなってよかったよ。今度から気をつけような」

「はい。すみません」

先生と共に小屋を出る。振り返れば校舎にかかっている時計は、長い針が一周回っていた。

外の水道で手を洗って、ランドセルを回収。私は急いでジャングルジムに向かう。

体育倉庫をぐるりと回って目的地に着くと、夕日が眩しく光った。

「……あ」

ジャングルジムに、彼女の姿はなかった。

滑り台も、ブランコも。のぼり棒もタイヤ跳びも。

どこを見渡しても、彼女の姿はない。校庭の真ん中で男の子たちがサッカーをして騒いでいたけれど、その中に交ざっていることもない。

きっと帰ってしまったのだ。私が遅くなってしまったから。

とぼとぼと帰り道を歩く。ランドセルがいつもより、ずっしりと重たい。

明日会えたら、謝らないと。

けれど、次の日も、次の飼育当番の日も。

ユメを撫でにくるあの子は来なかった。

彼女との再会はなく、季節が巡る。

早く謝りたくて、焦がれた気持ちを抱く。そんな私の耳に入ったのは、ある噂だった。


『兎ケ丘《うさぎがおか》小学校の飼育小屋には、黒髪おさげの幽霊が出る』


彼女が消えたあとから語り継がれる、幽霊の噂。

あの日の彼女は、いつの間にか幽霊として扱われていた。

第一章　好きだから僕が死にます

●九月七日

九月になったから秋だと言わんばかりに教室のクーラーは止まっている。

熱気と湿度に満ちた校舎にいるのと、まだ夏を思わせる太陽が暴れている外に出るのはどちらがマシだろう。私なら、屋根のある校舎を選びたい。

午後は課外授業で、ジャージに着替える必要がある。ホームルームでそれを聞いた時から嫌な予感がしていた。予感が当たったと言わんばかりに、先生は全員分の軍手とごみ袋を配布し始める。

「今日は、地域貢献《ちいきこうけん》としてゴミ拾いをするぞ！」

高校生にもなってゴミ拾いボランティアだなんて。

うんざりとしているのは私だけでないらしく、教室内は不穏な空気に包まれ、皆が不満に満ちたまなざしを先生に向けていたその視線を浴びても担任のイノ先生は屈しない。黒に白の二本線が入ったジャージを腰に巻き付けた、今にも運動しますと言わんばかりの格好で、やる気に満ちた顔をしている。

イノ先生というのは生徒につけられたあだ名で、名字は猪原《いはら》だ。

自他共に認める猪突猛進《ちょとつもうしん》な性格で、名は体を表すとはまさに先生のこと。本人も気に入っているのか、テスト返却時に猪《イノシシ》の絵を描くことがある。

それらのエピソードからイノ先生と呼ばれるようになった。

そんなイノ先生に比べ、生徒たちの覇気《はき》はゼロ。皆を煽《あお》るように「内申点《ないしんてん》に影響がある」だの「地域にできることを考えよう」と話しているけれど、それを素直に受け止めている生徒がどれくらいいるのかわからない。少なくとも私は信じていない。

ゴミ拾いの範囲は広く、希望する場所を選んでグループを作るらしい。一番人気は兎ヶ丘の商店街だった。商店街にはアーケードがあるから、日差しが遮られることが理由かもしれない。女子生徒たちは日焼けしたくないだのなんだのと話している。

クラスの子たちは仲良し同士で集まり、黒板に向かう。希望する箇所を先生に告げ、人気の場所の時は先生に説得されているようだ。人数を調整するのに苦労しているのだろう。私は頬杖をつきながら、その様子をぼんやりと眺める。

そこでイノ先生が私に気づいた。

「自分だけ例外って顔をしてるぞ？」

皆が自由に動き回ってグループを作る中、自席から動かない私が気になったのかもしれない。イノ先生は教卓を離れてこちらまでやってきた。

体格の大きいイノ先生が近くにくると、それだけで圧迫感がある。

それは体格だけでなく、運動部の顧問で、生徒たちと一緒にランニングをするのが大好きという彼の熱血さも原因だろう。

「一緒に回るやつは決まったのか？」

「……別に」

グループどころかクラスメイトに声をかけようともしない。協調性のない私の返答に、イノ先生は呆れたように苦笑いをしていた。

「お前なあ。自分から積極的に行かないとだめだぞ」

ゴミ拾いの場所はどうでもよかった。屋根のある場所なら比較的涼しいかもと思ったけれど、そういった場所は既に埋まっている。

黒板にはもう、クラスメイトの名がびっしりと書かれていた。

「友達になれそうなやつに声かけたらいいだろ。話が合いそうとかでいいからさ」

「友達はいらないです」

そっぽを向いて私は答える。わかりやすく反抗的な態度だけれど、イノ先生も慣れているのか咎《とが》めることはしない。

私の目標は、高校を卒業して兎ヶ丘を出ることだ。

兎ヶ丘は都会とも田舎とも言い難い微妙な町だ。都会に出るには電車を乗り継いで二時間かかるくせ、田舎と呼ぶほど閑散《かんさん》としていない。町並みは古くから建つ家が多く、住民たちものんびりしていて町内会の動きが活発。

良くいえばアットホームかもしれないが、悪くいえば閉鎖的《へいさてき》で変化がない。変化がないから、一つでも事件が起きれば長く語られる。

そんな兎ヶ丘が私は嫌いだった。私は町を出て一人でいたい。

四月に必ず書く個人調査票でも、友達の欄《らん》には『必要ありません』と書き、将来の夢は『一人暮らし』と書いていた。これに両親は驚いていたし、先生に呼び出されて話し合ったこともあるけれど、私の一貫した態度に諦めたようだ。両親だって『うちの娘は大人びていてクールだから』と今では疑問さえ抱かなくなっている。

いくら説得されても私の気持ちは変わらない。誰かと一緒にいて余計なことを考えたくないから、一人でいたい。

そんな態度を続けて二年目である。

高校二年の九月になっても態度を変えない私にイノ先生がため息をついた。

「人手の足りない場所をお願いしてもいいか？」

「どこでもいいですけど」

　するとイノ先生はにっと口角をあげて笑った。

「それなら月鳴神社《つきなきじんじゃ》の担当を任せるぞ。ここ、毎年人が足りなくてな、他の学年やクラスからも月鳴神社の担当がでるから、合同で頑張ってくれよ」

　黒板を見ると、確かに月鳴神社の担当は一人もいない。近くにある旧道には数名の名が書かれているが、神社だけは希望者がいなかった。

　不人気ということは面倒な場所かもしれない。ゴミが多いのかな。引き受けたことを後悔し、眉根を寄せていた私だが、先生だけは笑顔だった。

　そして私に近づき、皆に聞こえないよう小声で呟く。

「このクラスで友達になれそうなやつがいないなら、他のクラスって手もあるからな」

　それは、クラスの垣根《かきね》を越えてでも友達を作れというイノ先生なりの優しさだろう。高校生活を彩るのは友情と語るような人だ。イノ先生が思い描くきらきらとした青春を、私にも過ごしてもらいたいのかもしれない。友達なんて、必要ないのに。

　イノ先生は黒板に戻り、月鳴神社の担当欄に『鬼塚《おにづか》　香澄《かすみ》』と私の名前を書いた。

　書き終わると、黒板の名前の数を確かめ、大きく頷いてから教卓に向かう。

「場所は決まったな。ゴミ袋はおかわり自由だから、気合い入れて拾ってくれよ！」

イノ先生が声を張り上げる。

「特に、商店街と神社、旧道の担当は気合い入れてくれよ。今月は例大祭《れいたいさい》があるから、町に恩返しをするつもりでゴミを探すんだ！」

その熱意が、今は少しばかり野暮《やぼ》ったい。たかがゴミ拾いなのに、こんなに張り切るなんて。


そうして神社にやってくれば、暑い。蝉《せみ》まで鳴いているから鬱陶《うっとう》しくてたまらない。滑り止めゴムのついた軍手はごわごわとして不快でしかなく、額に浮かんだ汗を拭ったところで、軍手をつけたままでは汚れを額に塗りつけたような気がする。とにかく最悪だ。

ゴミ袋を空にして戻れば怒られそうだから、目に付いたゴミは拾う。ゴミではなく落ち葉だったものもあるけれど、かさ増しになりそうだからゴミ袋に入れておいた。

月鳴神社は高校から少し離れた、兎ヶ丘小学校と旧道の間にある。駅から離れているため行き交う人の数も少ないこぢんまりとした神社だが、例大祭の時は壮観《そうかん》だ。神社から旧道まで屋台がずらりと並ぶ。

特に旧道は、昭和とか平成を思わせるような古くからある家々が並んでいるため、昔に戻ったような気持ちになる。

神社の拝殿《はいでん》に近づくと、他の子たちが集まっていた。境内《けいだい》はそこまでゴミがないから暇を持て余しているのかもしれない。

「月鳴神社担当ってほんとやだ。怖いんだけど」

集まっていた女子生徒の一人が言った。ジャージに入ったラインから見るに一年生だ。

「え。ここって怖い話あるの？」

「地元じゃ有名な話だよ」

「知らない知らない！　あたし、地元がここじゃないから」

女子たちはきゃいきゃいと騒いでいる。察するに、一人は離れたところから通っていて、話を持ち出した子は兎ヶ丘に住んでいるのだろう。

私も兎ヶ丘に住んでいて、兎ヶ丘小学校、兎ヶ丘中学校を卒業している。兎ヶ丘高校を選んだのも家から近いという理由だけだ。

そんな地元民だけれど、神社に関する怖い話を聞いたことはない。

怖い話だなんて、どうせ眉唾物《まゆつばもの》に決まっている。馬鹿にしながらも、ゴミを拾うついでに耳を傾ける。女子生徒は、神社にいるのに恐れていないかのように、私にも聞こえる声で怖い話とやらを話し始めた。

「この神社ね、新月《しんげつ》の夜に鳴き声が聞こえるんだって」

どこにでもありそうな語り口だ。

私は、吹き出して笑いそうになったけれど堪える。

「月鳴神社にはうさぎの神様が二匹いたんだって。白い月のようなうさぎ様と、赤い月のようなうさぎ様。でも神社にいられるのはどちらか一匹だけ。だから二匹のうさぎ様は、どちらかがいなくなる運命になった」

うさぎから月を連想するのはよくある話。月の影がうさぎみたいだとか、そんな理由から始まったものだろう。そこまでは理解できるけれど、赤い月とは。怖い話だから赤色を選んだのだろうか。なんて安直《あんちょく》な。

首を傾げる私を知らず、一年生の女子生徒は声のトーンを下げて話を続ける。

「残ったのは白い月のうさぎ様。赤い月のうさぎ様は殺されてしまったの」

女子生徒たちの様子を盗み見れば、話を聞いている子は息を呑んで話に聞き入っている。

「だから、空には白い月が浮かぶ。そして赤い月が出ていたはずの時期は、空に月が浮かばない。つまり新月《しんげつ》のことね」

「それ、白い月のうさぎ様はどうなるの……?」

「白い月が浮かぶ時は普段通りにしているけれど、新月《しんげつ》になると自分が殺してしまった赤い月のうさぎ様を思い出して後悔するの。だから新月《しんげつ》の夜になるとうさぎ様が鳴くんだってさ」

「えー。怖いってより、なんだか切ない話……」

盛り上がっているけれど、私は呆れていた。

この話には致命的な問題がある。うさぎは声帯を持たないのだ。

小学生の頃に飼育委員の先生が教えてくれた。うさぎは声帯を持たないから鳴かない。たまにブゥブゥと聞こえるのは鼻や食道を鳴らしているもので、仮にそれを鳴き声と呼んだとしても小さな音だから、よほど近くにいなければ聞こえない。

だからこれは嘘だ。誰かが作った話。

私は騒いでいる一年生を睨みつける。

誰かが作った話だというのに、嘘を見抜くこともできずに安易に信じるなんてくだらない。どうせ真相を確かめずに嘘を信じ、それを伝えてまわるのだろう。

こういう子が、この世で一番嫌いだ。

「そういえば、怖い話っていえば。肝試しやるのかなあ？」

一人が言った。まだ怖い話は続くらしい。

「兎ヶ丘小学校の肝試しでしょ？　今年はやるとかなんとか」

「あの学校、女の子の幽霊がいるって聞いたけど。ほんと？」

先ほど月鳴神社の話を得意げに語っていた子が「うん」と力強く頷いた。

「いるらしいよ。飼育小屋に女の子の幽霊」

「えー。ほんとなの？」

「まっしろな肌をした、黒髪おさげの女の子だって。子供を飼育小屋に引きずり込むらしいよ」

頭に血が上り、私はゴミ袋をぐっと握りしめた。

くだらない。本当に、くだらない！

この幽霊話をした子だって『黒髪おさげの幽霊』を見てはいないだろう。伝聞調で語られるものばかり。自分の目で確かめてもいない噂話を信じて広めているのだ。

信憑性《しんぴょうせい》のないその話を、どうして得意げに語れるのか、私には理解できない。

文句を言いたいけれど堪える。面倒なことはしない。私は一人でいい。誰とも関わりたくない。苛立つ心を鎮《しず》めるべく、彼女たちから距離を取る。女子生徒たちを視界に入れたくなかった。

本殿《ほんでん》をぐるりと囲む透塀《すきべい》に沿って境内《けいだい》の奥へと歩いて行く。お参りをする時などでお馴染みの場所は拝殿《はいでん》で、拝殿《はいでん》から繋がっているのが本殿《ほんでん》だ。

小学生の時に学んだことだが、今も覚えている自分に苦笑いをする。月鳴神社は兎ヶ丘小学校から近く、そのため地域について調べる授業の時に神主《かんぬし》さんが特別に来てくれて、様々なお話をしてくれた。

本殿《ほんでん》の裏に回るように進めば、砂利道《じゃりみち》は途切れて土に変わり、雑草が増えていく。奥は土手《どて》になっていて、参拝客《さんぱいきゃく》が滑り落ちないように三角コーンが置かれ、立ち入り禁止のロープが張られていた。斜面の下にはフェンスがあるものの、草木が鬱蒼《うっそう》と茂っている。草は手入れされず伸び放題で、太い木の根元には茸《きのこ》や苔《こけ》が生えている。あまり日が当たらないのだろう。

「……涼しい」

周りには誰もいないから独り言ぐらい許されると思って呟く。じめじめとしているけれど、涼しい場所だ。森の中にいるような心地になる。苛立った気持ちも鎮《しず》まる気がして深呼吸をする。

そんな厳《おごそ》かな空間は、草葉の揺れる音によって妨げられた。

「……香澄さん？」

誰か来る、と身構えたと同時に名前を呼ばれた。

前から現れたのは同じ高校のジャージを着た男子生徒だ。

「誰？」

私の名を呼んだのは彼だと思う。けれど私は、彼のことを知らない。

同じ高校なのはわかるし、ラインの色から二年生なこともわかる。だけど彼の顔を見ても名前どころか名字さえピンとこない。

それに、名字ではなく名前で呼び合うほど親しい友達はいない。

訝《いぶか》しんで睨みつける私を厭《いと》わず、彼は立ち入り禁止のロープを跨いで斜面を登ってくる。私の隣に立つと、服についた草を手で払っていた。

「そこ、立ち入り禁止でしょ」

冷えた声で彼に注意する。けれど、彼は平然としていた。

「ゴミがあったので」

そう言って彼はゴミ袋を掲げる。その袋はゴミがぱんぱんに詰まっていた。中には様々なゴミがあり、拾うのも躊躇《ためら》ってしまいそうな薄汚れた日本人形まで入っている。この先にそんなものが落ちていたのか。

不審な人物である彼に警戒しながら、問う。

「なんで私の名前を知ってんの？」

「名前を知っていたらいけませんか？」

彼はやはり表情を変えず、淡々と答える。質問に質問で返すなんて、なんだかやりにくい。それでも私は彼に疑いのまなざしを向けた。

「私、あんたのこと知らないけど」

「隣のクラスの、鷺山《さぎやま》悠人《ゆうと》です」

彼は黒縁《くろぶち》の眼鏡をくいと指であげながら、そう答えた。

私の言葉は自己紹介しろという意味ではない。そう言いたくなったけれど、彼のけろりとした顔から冗談ではなく本気で答えたのだろうと想像がついた。

自己紹介をしてくれた彼――鷺山だけれど、その名前を聞いてもピンとくるものはない。背は高いのにすごく猫背。髪はぼさぼさで、前髪は長め。黒縁《くろぶち》の分厚い眼鏡をかけているけれど、長い前髪が眼鏡にかかっているから煩わしそうだ。

彼には申し訳ないが、おしゃれに無頓着《むとんちゃく》で、流行と別路線を歩む男のように見える。そうして彼の姿もまじまじと眺めてみたけれど、やはり覚えがない。

友達なんていらない派の私だけれど、同じ教室で何時間も授業を共に受けているクラスメイトの顔は覚えている。それに兎ヶ丘小学校から高校まで一緒という人も多く、言葉を交わしたことはなくてもそれなりに覚えるものだ。

今の兎ヶ丘高校二年生はA組からF組まで六クラスある。私はB組なので、『隣のクラス』と話していた彼はA組かC組だろう。クラス合同での授業や学年集会もあったのに、彼に関する記憶はない。

「悪いけど、あんたとは初対面だと思う。香澄って馴れ馴れしく呼ばれる筋合いはない」

「そうですね。香澄さんからすれば初対面です。僕は香澄さんのこと知っていましたけど」

頑張って導きだした結論だというのに、彼はあっさりと初対面であることを認めてしまった。そうなれば新たな疑問が浮かぶ。なぜ鷺山は私のことを知っているのか。

「もしかして。あんたも兎ヶ丘小学校の卒業生？」

「違います」

「それなら、兎ヶ丘中学校の卒業生とか」

「それも違います」

兎ヶ丘小学校や兎ヶ丘中学校に通っていた子が、兎ヶ丘高校を選ぶのはよくある話だ。通いやすさが理由だろう。だからか、小学校から高校まで一緒という子は多い。小学校からの十一年間で一度も同じクラスになっていないだけ、なんて考えたけれど、鷺山の返答からその可能性もなさそうだ。

となればどうして、彼は私を知っているのか。謎はますます深まるばかりだ。

すると鷺山が私をまっすぐに見つめた。

「……僕は、香澄さんと喋ってみたかったんです」

彼のまなざしは、憧れのアイドルに会えた時のファンの反応のような、陶酔《とうすい》や尊敬といった感情が込められているような気がした。

何にせよ気持ち悪い。突然、名字ではなく名前で呼び、質問をしても質問で返し、かと思えばこの発言だ。

ぞっとして、私は後退りをする。こういう時は逃げるに限る。

「じゃ、私はもう行くから」

これ以上関わってたまるか。隣のクラスの鷺山。名前と顔は覚えたから要注意だ。今後は近づかないようにする。

ぼけっと突っ立っている猫背の鷺山を放置して歩く、というより走って逃げる。今は本殿《ほんでん》の真裏にいる。来た道を戻るように拝殿《はいでん》の方へと戻るつもりだった。

まずはあの角を曲がらないと。

「危ない！」

勢いよく駆けていく中、鷺山の叫ぶ声が聞こえた。それが私に向けられているものだと気づいた時には遅く、右側から強い衝撃を受けた。

誰かがこちらに向かって来ていたらしい。鷺山から逃げることで頭がいっぱいだった私は、本殿《ほんでん》を囲む透塀《すきべい》の角から人が現れることを想像もしていなかった。

周りを見ずに走り出した結果、私とその人はぶつかった。誰とぶつかったのかを見る余裕さえなく、私はぶつかった弾みでよろける。

走っていた時の勢いはそのまま、足はもつれて体は傾き――

「う、わ……とと」

両の手をばたつかせて体勢を立て直そうと試み、ようやく掴んだのは『危険！　立ち入り禁止』の紙が縛り付けられたロープだ。三角コーンに括り付けられただけのロープが私の体を支えきれるわけはなく、私の体は倒れていく。

「香澄さん！」

掴んだままのロープや三角コーンと一緒に草木茂る斜面を滑り落ちていく。草葉の揺れる音や枝の折れ、体に様々な衝撃や痛みが走る。鷺山の声が聞こえても返事をする余裕はなく、落下の恐怖に目を閉じるのがやっとだった。

落ちていく途中で、誰かが私の手を掴んだ気がする。誰なのかはわからない。確かめるよりも先に、私の意識が落ちていた。

たくさんの話し声。足音。太鼓《たいこ》、笛。どこかで音楽を流している。

遠くが騒がしい。もっと眠っていたいのにうるさい。

「香澄さん」

近くで誰かの声がした。この声は、誰だろう。

「香澄さん、起きてください」

この声を、最近聞いた気がする。

体が重たい。でも騒がしい。ここがどこなのか確かめたい。ゆっくりと瞼《まぶた》を開く。

「あれ……って、鷺山⁉　ち、近い！」

場所を確かめるどころではなかった。視界いっぱいに鷺山がいたため、眠気は一瞬で霧散《むさん》し、悲鳴のような叫び声をあげていた。

逃げるように身を起こして距離を開く。鷺山の姿が遠くなって視界が開けていく。

鷺山の後ろには、暗い空。

「……え？　嘘、どうして……」

見えたものに違和感が生じた。同時に意識を失う前のことを思い出す。私は神社裏の斜面を転がり落ちたはず。だというのに異なる場所にいる。

何かおかしなことが起きている。

呆然としている私に、鷺山が安心したように息をついた。

「よかった。目が覚めなかったらどうしようかと」

「目は覚めたけど……どういうこと？　私、どこにいるの？」

場所だけではない。時間もずれている。

見上げれば、空はすっかり暗くなり、まんまるの白いお月様が浮かんでいる。私がゴミ拾いをしていた時間は、夜ではなかったはずだ。

「先に目が覚めたので確認しましたが、ここは月鳴神社と旧道を繋ぐ階段の前のようです」

「階段前？　私は確か……」

私は、月鳴神社の本殿《ほんでん》裏、境内《けいだい》の奥にある立ち入り禁止の斜面から落ちたはずだ。枝や草葉をなぎ倒す時の音や体にあたる時の痛みも覚えている。

けれど、自分の体を確かめても葉は一枚もなく、斜面を転がり落ちた土汚れもない。手や服の汚れを調べていると、視界の端で鷺山が頷いた。

「香澄さんは男子生徒とぶつかって、境内《けいだい》奥の斜面から落ちていきました。すみません、止められなくて」

鷺山が謝る必要はない。私の不注意だ。

けれど鷺山は自分の手をじっと見つめ、ため息をついている。

「もう少し早く気づいていれば、僕も一緒に落ちずに済んだのですが」

「え？　鷺山も私と一緒に落ちた？」

「はい。僕たち以外に落ちた人はいないと思います」

誰かが私の手を取ったのは覚えている。あれは私を助けようとした鷺山だったのだろう。お礼を言うべきだろうか。

悩んでいるうちに鷺山は顔をあげた。別のものに興味が向いてしまったらしい。

「落ちたあとのことは覚えていませんが、気づいたら香澄さんと一緒にここに倒れていました」

「意識がないのに階段前に移動していたって変な話だけどね」

「いえ。変なのは、それだけではありません」

鷺山は冷静に答えながら、階段の先に続く道が見えるように身をずらした。そのおかげで階段下が一望できる。その景色にまた、私は言葉を失った。

騒ぎ声は旧道を行き交う人々のもの。人混みには浴衣《ゆかた》や甚平《じんべい》を着た人たちも紛れている。旧道を通る車はなく歩行者天国となっていて、歩道には屋台が並ぶ。焼きそば、たこ焼き、ポテトに金魚すくい。

屋台の上には『月鳴神社例大祭』と書いた赤と白の提灯《ちょうちん》もぶらさがっている。

「え……お祭りって今日じゃないよね？　課外授業でゴミ拾いしてたはず。なのに、どうして夜になっているの⁉」

混乱して鷺山に問い詰める。大きな声で話しているというのに、通りすがる人は誰もこちらを振り返らない。無視しているというよりも、聞こえていない、見えていないかのようだ。参拝《さんぱい》を終えてこれからお祭りに行くだろう家族連れが真横を通り過ぎたけれど、私たちの方をちらりと見ることもしなかった。

まさか、私たちが見えていない？

確かめるべく、通り過ぎる人の手に触れようとしてみる。けれどいくら手を伸ばしても感触はない。触れているはずの距離なのに、私の手がすり抜けていく。

「ここにいる人に僕たちは見えていないようです。触れるのもできないかと」

「そんなことってある？　透明人間になったたってこと⁉」

透明人間のようになって、誰にも気づいてもらえない。そんなことがあるなんて。しかも落ちた場所とは違うところで目が覚め、時間も日にちもずれている。おかしなことばかりだ。どうしたらいいのかと助けを求めるようにあたりを見回してみる。

その時、神社の方からひときわ大きな声が聞こえた。それは人混みをかき分けてこちらにやってくる。

「すみません！　通ります！　急いでいます！」

女の声。髪を揺らして一心不乱に走るその人物を見るなり、血の気が引いた。

「……うそ、でしょ」

間違いない。そこにいるのは『私』だ。

私はここにいるのに、私と同じ顔をした『香澄』が走っている。着ているのは見覚えのある服で、一番好きな組み合わせのシャツとスカート。トートバッグの次に気に入っているショルダーバッグを肩にかけている。

ここに私が二人いる。どういうわけだ。戸惑っていると、鷺山が私の手を引いた。

「追いかけましょう」

私が二人いる。そんな事態だというのに鷺山は驚く様子なく、むしろ慌てつつも冷静な様子で走りだす。

私は混乱していて、ただ鷺山についていくことしかできなかった。

人がたくさん集まる例大祭だけど誰も私たちを見ず、誰かにぶつかりそうになっても体を通り抜ける。謎の透明人間状態だけれど、混雑している中では便利かもしれない。

もう一人の自分がいる夢を見ている。これが夢ならば納得できる。

でも、足の裏に伝わる地面の感触やあちこちの屋台の美味しそうな匂いがリアルすぎて、夢だと片付けることができない。

私たちの前を走るのは、もう一人の『香澄』だ。よほど急いでいるらしく屋台に見向きもせず、人波をかき分けてひた走る。

旧道は半ばまできたところで、ようやく『香澄』が足を緩めた。そして誰かに声をかけている。ここまで走ってきた理由はその人物と言葉を交わすためらしい。

その人物はというと、ひょろりと高い背だけれど猫背で、前髪は長め。

顔を確かめるより早く鷺山が言った。

「あれは僕……ですね」

「なんで鷺山もここにいるの……」

私だけでなく、鷺山も二人いる。どうなっているのか、まったく理解できない。

あたりを見渡せば、お祭り会場となった旧道の真ん中。横に町内会のおじさんたちが集まるテントが設置されていた。その後ろにある掲示板には『お祭りで飲み過ぎ注意』のポスターが貼ってある。しかしおじさんたちは気にせずお酒を飲んでいるらしく顔が赤い。机に突っ伏している人もいた。

もう一人の『香澄』ともう一人の『鷺山』は、歩行者天国となった車道の真ん中で何やら言い争っている。その内容までは聞こえてこない。

「……これは」

その様子を眺めていた鷺山が呟いた。思い当たるものがあるのか聞こうとした時、『香澄』と『鷺山』が同時に顔をあげた。その視線は民家に向けられている。

直後、祭りの騒がしさに紛れて、ガシャンと割れるような音が聞こえた。

それから、女性の悲鳴。

「な、なに……⁉」

この音はどこから。あたりを見渡していると鷺山が「あっちです」と指をさした。通行人たちも一斉に同じ方向へ視線を向け、あたりは静まり返る。

割れたのはガラスだろうか。その家は敷地をブロック塀で囲んでいるからあまりよく見えない。次いで聞こえたのは、どたどたと暴れるような音だった。再びガラスの割れる音がして、うなるように男が叫んでいる。その声は喧嘩《けんか》をしているかのように威圧的だ。

通行人だけでなく、私たちもその家を見つめる。すると玄関扉が開いた。

「くそ……いってえな……凶暴女め……」

転がり出てきたのはニット帽を深くかぶって黒いジャンパーを着た、明らかに不審者という格好の男。黒い服装をしているが、手にはぬるりとした赤いペンキが付いていて目立つ。

男は旧道へ飛び出し、それを避けるように人波がさっと引いた。通行人の一部は悲鳴をあげ、中には逃げる者もいる。

「何が起きてるの……私たちも逃げた方が……」

「大丈夫です。僕たちは誰にも見えていません。落ち着きましょう」

鷺山は不審な男を睨みつけたまま動こうとしない。その横顔はひどく真剣だ。

ふらふらと不審な男が歩き始めると、今度は先ほどの家から女の子が飛び出してきた。私と同じぐらいの年頃だと思うけれど、顔や服に不審な男と同じ赤いペンキが付いているため判別が難しい。

もしかすると、赤いペンキに見えていたけれど、血液なのだろうか。ぞっと体が竦《すく》み上がった。女の子は頭や肩にひどい怪我《けが》を負い、血まみれの状態だ。

女の子は顔をしかめながら右肩を押さえ、大きく息を吸いこんだ。

「泥棒《どろぼう》！　だれか！」

旧道にいた人たちがざわついた。飛び出してきたニット帽の男に視線が集まる。

「くそっ……どうせ捕まるなら……一人ぐらいやってやる！」

男の手には大きなナイフが握られていた。詳しくないのでわからないけれど、サバイバルナイフという名がついていた気がする。その物騒《ぶっそう》な刃物は赤い血で汚れていて、男がそれを振りあげると旧道はパニックに陥った。

逃げる人々。悲鳴をあげる人。逃げようとして転んで泣いている人。

混雑していた祭り会場は地獄絵図《じごくえず》に変わっていく。

「……なにこれ」

目の前で繰り広げられる光景に、心臓がどくどくと急いている。

わけがわからなくて、怖くて、逃げたいけれどうまく体が動かせない。人々が私をすり抜けて逃げていく。

そんな中、鷺山は何も言わずに立ち尽くしている。じっと前を見つめながら。

鷺山の視線を追うと、そこにはもう一人の『香澄』と『鷺山』がいた。『鷺山』は呆然と立ち尽くし、『香澄』は不審な男から逃げようと身を翻《ひるがえ》している。

けれど。逃げるため走り出した『香澄』は、そこに転んだ女性がいることに気づいていなかったらしい。避けようとしたがうまくできずに転ぶ。

『香澄』は車道の真ん中で尻餅をついていた。慌てて後ろを振り返る。

不審な男との距離を確かめようとしたのだろう。

だがそれがよくなかった。『香澄』と不審な男の目が合ったのを確かに感じた。男はサバイバルナイフを握り直して、『香澄』のもとに駆けていく。

「香澄さん！」

鷺山が叫んだ。

もう一人の『鷺山』も叫んで、『香澄』の方へ駆け寄ろうとしている。

けれど誰も、間に合わない。

振り上げた凶器《きょうき》。それはたやすく『香澄』の左胸に吸いこまれていった。

「うそ……な、なんで私……」

『香澄』は痛みと驚きに目を見開く。

お気に入りのシャツは左胸から赤い血で染まっていく。それだけではない。動けない『香澄』に跨がった男は、もう一度ナイフを——

私ではない、もう一人の私が、殺される。こんな場面。どうして。

私に痛みはない。左胸に何も刺さっていない。

けれど衝撃を受けて、うまく呼吸ができない。頭がクラクラする。気づけばその場に座りこんでいた。手が、体が、震えている。

怖い。どうして、こんなことになっているの。

「香澄さん。大丈夫です」

その声と同時に、誰かが私の肩に触れた。鷺山だ。彼が身を屈めて、私の隣にいる。

「大丈夫じゃない……だって私が、あんな……」

「落ち着きましょう。あれは今の香澄さんではありません」

「な、なんで――」

言いかけた時、急に周りが暗くなった。目をこらしても私たち以外の人影は見えない。旧道を飛び交う悲鳴も、人混みの湿度も、踏みしめていたアスファルトの感触さえない。まるで浮いているような感覚だ。照明が消えたのではなく、私と鷺山以外が消えてしまったかのように。

「今度は何？　何が起きてるの？」

取り乱す私と違って、鷺山は冷静だった。

「あれを見てください」

隣にいる鷺山が指で示す。そこにはぼんやりと光るものが二つあった。

空に浮かぶ丸い光。それは月のように見えた。満月かもしれない。断定できずにいるのは、満月のような白い丸の隣に、ぼんやりと赤く光る丸いものもあったからだ。

「白い月と赤い月」

鷺山の呟きで、確信を抱く。赤く光る丸いものが赤い月なのだろう。

それをすんなりと受け入れられたのは、一年生たちが話していた月鳴神社の噂を覚えていたからだ。あの噂にも赤い月と白い月が出てくる。ここに来る前にいたのも月鳴神社。何か関係があるのだろうか。

「あの赤い月をよく見てください。先ほどの『香澄さん』が映っています」

月は遠くにあるから見えるわけない、なんて疑っていたけれど。凝視《ぎょうし》すれば、鷺山の言う通りに見えてくる。近くで見ているかのように鮮明に、はっきりと。

そこに映っていたのは先ほど見たお祭り会場の光景だった。男に左胸を刺されて倒れているのは『香澄』で『鷺山』が駆けつけている。

「じゃあ……もう一つは？」

そう聞きながら、今度は白い月を凝視《ぎょうし》する。それもお祭り会場を映し出し、けれど倒れているのは『私』ではない。

大きな体、ぼさぼさの髪。アスファルトに落ちる黒縁眼鏡《くろぶちめがね》。

「白い月では、刺されているのが『僕』ですね」

淡々と鷺山が言った。自分が殺される瞬間だというのに恐ろしいほど冷静だ。

「ここにあるのは『香澄さん』が死ぬ未来を映した赤い月と、『僕』が死ぬ未来の白い月だと思います」

「鷺山はどうしてわかったの？」

「推測しただけです。こう見えても混乱してますよ。手だって震えています。ほら」

変わらぬ声音で返しながらも、こちらに見せてきた手は確かに震えていた。

でも相変わらず何を考えているのかわからない、しゃきっとしていない寝起きみたいな顔をしている。

「香澄さんは月鳴神社の話を聞いたことがありますか？　元々は二匹のうさぎ様がいたけれど、一匹しか祀《まつ》れないから、赤い月のうさぎ様を殺して白い月のうさぎ様を選んだという」

一年生たちが話していたことを思い出す。鷺山が語っていた話の通りだ。

「聞いたことが……ある……でもそれが、この状況とどう関係しているの？」

「あの話では二つの月からどちらかを選んで、片方を殺しました。その話と同じ二つの月が目の前にある。これは要するに……僕たちが、どちらかの月を選ばないといけないのでは？」

「月……ってことは……」

月の中に映っているのは、『香澄』か『鷺山』のどちらかが死ぬ未来だ。

息を呑む私の代わりに、鷺山が表情を変えずに告げた。

「わかりやすく言うと、僕か香澄さんのどちらが死ぬかを選択するということでしょう」

どちらが死ぬか決めるなんて重大案件だというのに、彼は表情も変えず冷めた物言いだった。

夢だと願いたくなるほど悲惨《ひさん》な死だった。あんな死に方をするのだと見せつけられたから怖くてたまらない。死が避けられないものだとしても平和なものがいい。

あれは怖い。痛いのは嫌だ。

私は鷺山の方へと向き直る。話し合わなきゃいけない。ここでの選択は慎重にしなければ。だって私が生きる未来を選んだら鷺山は――

「簡単です」

けれど、視線を合わせるなり鷺山は力強く頷きながら言った。

「僕が死にます」

話し合いの余地なし。検討時間ゼロ。明日の夕飯を決めるぐらいの気軽さで言ってのける。死にたくないと考えていたのは確かだけれど、何か違う。

私は咄嗟《とっさ》に鷺山の腕を掴んでいた。

「ちょっと待って。そんな簡単に死ぬとか……」

「僕でいいです」

私の話なんて聞いてやくれない。腕を揺らしてみたけれど、彼は白い月を見上げた。

そしてこの空間に向かって宣言する。

られ

「『僕』が死ぬ未来――白い月を選びます」

瞬間――赤い月が消えた。

鷺山の言葉が聞き遂げられたのかもしれない。

浮かんでいるのは、鷺山の死を映す白い月だけ。

理解できない場所から始まって、もう一人の私が無残に殺されるのを見せつけられて、そして謎の選択。

これが夢であるのならそうだと言ってほしい。私はどうしたらいいの。

力が抜けていく。この空間に溶けていくかのように、体の感覚がなくなっていく。

瞼《まぶた》も重たくなって、視界がみるみると暗闇に落ちていった。


「鬼塚さん！　大丈夫⁉」

ぼんやりとする頭に、誰かの声が響く。温かなものが私の手を握っている。その温度と異なり、背中にはじわじわと冷たいものが染み、湿気を孕んだ草木の香りが鼻をくすぐる。まるで地面で寝ているかのように。背中の冷たさに耐えきれず、重たい瞼《まぶた》をこじ開ける。すると、眼前にいたのは同級生だった。

「気がついた？」

同じクラスの古手川《こてがわ》さんだ。彼女とは兎ヶ丘小学校から一緒で、小学校以来に同じクラスとなった。とはいえ、あまり話してはいない。彼女も私に声をかけようとはしてこなかった。

その古手川さんがどうしてここに。身を起こそうとして、ずきんと頭が痛んだ。

「痛っ……」

「無理しないで。いま先生呼んだから」

「先生ってどうして？」

「覚えてないの？　鬼塚さん、ここから落ちちゃったのよ」

あたりを見れば、ここは月鳴神社の奥。立ち入り禁止ロープの向こう側。斜面を転げ落ちた証拠のように持っていたゴミ袋が木に引っかかっていた。

先ほどは夜だったのに、空はまだ明るい。お祭りの喧噪《けんそう》も聞こえてこない。

「私、お祭りにいたはずじゃ……」

「お祭り？　今日はゴミ拾いボランティアだよ」

ゴミ拾いは覚えている。誰かとぶつかって転んだことも。

だけどお祭りのことだけが理解できない。私が刺されたあのお祭りの――そこまで思い出して気づく。がばっと立ち上がって叫んだ。

「鷺山！　鷺山は!?」

周りには古手川さんや同級生、土手《どて》をのぼったところでは一年生がこちらを覗きこんでいる。けれど鷺山の姿がなかった。

「お、落ち着いて！」

古手川さんは、宥《なだ》めるように私の肩を叩く。

「鷺山くんって一緒に落ちた子のことだよね？　彼なら先に起きて上にのぼっていっちゃった」

共に落ちた鷺山も私と同じく気を失っていたらしい。少し上を見上げれば、不自然に葉が折れた場所があるから、鷺山はそこで倒れていたのかもしれない。

とにかく鷺山に会わなければ。あの不思議な出来事について確かめたい。あれが夢だったのならそれでいい。そうであってほしい。

「私、鷺山を追いかけてくる」

「鬼塚さん、怪我《けが》はしてない？　痛いところがあるなら無理しないで」

言われて自分の姿を確かめる。ジャージは泥だらけで背中まで葉っぱがくっついていた。見たところ外傷はなさそうだ。頭痛もいつの間にか消えていて、それよりも鷺山を追いかけなくちゃと気が急いている。

「もう大丈夫。それより古手川さんも戻りなよ」

そう言って斜面を登る。上から見た時よりも角度は急で、太い枝に掴まって一歩ずつ登る。私が寝ていた場所は低木のところだったけれど場所が悪ければもっと下まで落ちていた。ぞっとしながらも進む。

　なんとか斜面を登り終え鷺山の姿を探す。すると神社の階段を下りていく背を見つけた。

「鷺山！」

　声をかけると、寝ぼけているような顔が振り返ってこちらを見る。

「何でしょうか？」

「えっと……聞きたいことがあって」

　私に声をかけてきた時と同じ、素っ気ない口調。もしもあれが夢でないのなら、今の私のように怯えたり慌てたりするのではないか。けれど鷺山にはそういった様子がない。だから、意気込んで声をかけたくせにみるみると声量が萎《しぼ》んでいく。

「変なこと聞くんだけど……夢とか見てない？　お祭りで……その……」

　突然声をかけて夢の話をするなんて変なやつだと怪しむだろう。私だって、こんな質問をしたくなかった。きっと鷺山は、知らないと答えるに違いない。

　そう考えていたけれど、鷺山は表情を変えずに頷いた。

「見ましたよ。お祭りの日に僕か香澄さんのどちらかが死ぬという夢でしたね。どちらかを選ばなければいけないので、僕が死ぬ未来を選んでいますが」

　違う。夢じゃない。鷺山も同じものを見ている。

衝撃を受けて私は固まっていた。その間にも鷺山は話し続ける。

「便宜上《べんぎじょう》、夢と言いましたが違いますね。お祭りの日はこれからなので未来予知でしょうか。でも……はい。僕も見ています」

私と違って、鷺山の態度に怯えや焦りはない。そのことにも私は驚いていた。だって鷺山は自分から進んで死を選んでいた。動じていない彼の態度は、あの未来予知を受け入れているかのように。

自分が死ぬ。不審な男に刺されて殺される。

もしも私だったら、そんな未来が来ることを嘆き、震えているだろう。どうして鷺山は、表情を変えずに平然としていられるのか。

ふと見れば、話が終わったと考えたのか鷺山が歩き始めていた。私は慌てて彼を追いかける。

「どうして自分が死ぬ未来を選んだの？」

「あの場はどちらかを選べという意味だと解釈していたので」

「それなら話し合って決めればよかった。勝手に決めないでほしかった。なのにどうして、鷺山は自分が死ぬって決めたの？」

質問攻めかもしれない。でも私は、あの場で『自分が死ぬ』と勝手に決めた鷺山のことが理解できなかった。

それでも彼はすたすたと歩いていく。このまま後ろをついていっても表情なんて見えないのだろう。私は早足で彼を追い越し、進路を遮った。

「話、終わってないから。質問に答えて」

私が立ち塞がったことで鷺山の歩みが止まる。

彼は私をじっと見つめていた。それから面倒だとばかりにわざとらしくため息をついて、黒縁眼鏡《くろぶちねがめ》をずいと持ち上げる。

「理由が必要ですか？」

「当然でしょ。納得できない」

「……わかりました。では――」

鷺山が正面から私を見る。どんな理由が飛び出してくるのか、彼の表情からは予測がつかない。息を呑む。わずかな間さえ長く感じる。

そして、彼の唇がゆっくりと動いて言葉を紡いだ。

「香澄さんのことが好きだからです」

はい？　今、何て言った？

耳を疑いたくなるのも当然だ。だって、私は『鷺山が死ぬ未来を自ら選んだ理由』について聞いている。その理由がこれだなんておかしい。

今日初めて鷺山と言葉を交わした。彼の名前だって知らなかった。そんな出会ったばかりの関係だというのに、好きだと言われても理解が追いつかない。聞き間違いであってくれと願ってしまう。

「以上です」

混乱している私を放って、鷺山は再び歩き出す。私を追い越してそのまま立ち去りそうな勢いである。慌てて私は彼を引き留めた。

「待って。今のが理由？」

「はい。僕は香澄さんのことが好きです」

「おかしいでしょ？　私、今日初めてあんたと話したのに」

「ええ。僕も、今日初めて香澄さんと話しました」

聞き間違いではないことが証明されたものの、謎はさらに深まってしまった。

実は昔に話したことがあるなどの理由をつけてくれたら納得できるのに、鷺山も初対面だと認めてしまった。どこがどうして好きに繋がる。

「理解できない。それ、いろいろな人に言ってるやつ？」

「違います。僕は香澄さんだけが好きです」

「一応聞くけど……人間として好きって意味でしょ？　恋愛感情はナシみたいな」

「恋愛として好きです。あ、そういえばこれって告白になりますね」

ああ、もう。なんだこの変な男。鷺山という人間がつくづく理解できない。

青春は甘酸っぱいと喩《たと》える本を読んだことがあるけれど、今こみ上げるのは、ストレスによる胃酸の酸っぱさ。

つまり彼は、初対面なのに私のことが好きだから死ぬと決めたのだ。めちゃくちゃすぎる。会話をすればするほど底なし沼に落ちていく気がする。

頭を抱える私と今にも帰りたそうにしている鷺山。そんな私たちの空気を壊したのは、階段を上ってくる別の人の声だった。

「おーい。鷺山、鬼塚！　大丈夫か？」

やってきたのはイノ先生だ。そういえば先生に連絡したと古手川さんが言っていた。

「ご心配おかけしました。怪我《けが》はありません」

混乱している私に気を遣ったのか、鷺山が一歩前に出て、イノ先生に事情を説明してくれた。怪我《けが》についてだけでなく、落ちた時の状況もすらすらと語っている。

情けないことに私は何も言えず、ただ鷺山とイノ先生の様子を交互に見守るだけ。

鷺山による謎の告白で頭の中はぐちゃぐちゃだ。

お祭りの光景が未来だとするなら、彼は死ぬ。

そして彼は私のことが好きらしい。何もかも急すぎてついていけない。

そんな中でも鷺山は変わらず無表情で、何を考えているのかわからない。

鷺山悠人は変だ。この男を理解できない。

●九月八日

「はあ……憂鬱《ゆううつ》……」

美術室に一人しかいないのをいいことにため息をつけば、独り言も一緒にこぼれてしまった。

それもこれも昨日の出来事のせいである。布団に入ってもあれこれと考えてしまうから眠れないし、授業中だってぼんやりしてしまう。

兎ヶ丘高校では終礼が終わると掃除の時間になる。いつもは教室の掃除だけれど今日はイノ先生に頼まれて美術室担当。その掃除もまもなく終わりというところで、他の子たちは部活があるからと去ってしまった。残されたのは帰宅部の私だけ。

廊下に出した木椅子を取りにいこうと美術室を出る。

憂鬱《ゆううつ》な気持ちはまったく晴れない。考えれば考えるほどため息が出る。

そうして木椅子を持ち上げた時、視界に男子の制服が映りこんだ。他の子は部活に行ったはずなのに、どうして。

上靴から靴下、スラックスと順々に視線をあげていくと、その人物と目が合った。

「こんにちは、香澄さん」

そこにいたのはプラスチックのゴミ箱を抱えた鷺山だった。猫背のおかげでゴミ箱を持つというよりは抱えているというのが正しい。彼もまた陰鬱《いんうつ》な顔をしていたけれど、そもそも表情変化の乏《とぼ》しい男だから、最初から最後まで陰鬱《いんうつ》でしかない。

「……どうも」

昨日の気まずさから、彼の顔を正面から見られない。返事だってぎこちない声になっていた。だというのに鷺山は、夢を見ているかのようにうっとりした声で呟いた。

「僕、香澄さんに挨拶するのが夢でした」

「あ、そう……そりゃ随分と小さい夢だね……」

「『おはよう』とか『ごきげんよう』と挨拶をするの、青春じゃないですか」

どう答えたらいいのだろう。別に青春だけが挨拶を許されるわけではないし、ごきげんようなんて言わない。ズレた発言に脱力しそうになる。

さらに驚いたのは、再び鷺山が歩き出したことだ。こちらに声をかけたくせに、挨拶だけして終了らしい。それはどうなのか。呆れながらも鷺山を呼び止めた。

「待ってよ」

すると鷺山はあっさり振り返る。

「何でしょう？」

「昨日のこと。どっちが死ぬとかそういうの、ちゃんと話し合いたい」

「僕が死ぬって決めましたよ。だから話し合う必要はありませんが」

イライラするのは、昨日から鷺山がこの調子で向き合ってくれないからだ。同い年にしては大人びた振る舞いや口調をするくせに、掴みどころがない。

好きだの告白だの言いながらも、勝手に話を進めて、勝手に去ろうとする。今だってそうだ。話が終わったと勝手に解釈して、歩き始めてしまう。

まるでふわふわとした雲だ。けれど逃がすものか。私は木椅子を置いて、鷺山を追いかける。彼が持っているゴミ箱を掴んで、無理矢理に彼の歩みを止めた。

「……話し合いたいって、私は思ってる」

「話し合っても結論は変わりません」

「この状態であんたが死んで私が生きても、納得できない」

鷺山は引かない。もしかすると、彼は自分が死ぬと結論が出ているから、この話に興味がないのかもしれない。

結論。その言葉を聞いて、私は目を見開いた。

気づいたのだ。私も彼も、未来予知の通りになる前提で話している。

しかし未来予知は本当に実現するのだろうか。もしかすると二人して同じ夢を見ただけで、本当はあの未来にならず二人とも生きているかもしれない。

「あの未来予知、本当に起こることだと思う？　二人とも生きてましたってなるかもしれないよ」

後半はそうであってほしいという願望がこもっていた。

でも鷺山は違ったらしい。彼は間を置かず即答で切り捨てた。

「起こると思います」

「なんで断言できるの？」

「あの通りになると信じているから、僕は自分が死ぬ未来を選びました」

その語りには妙な力強さがこもっていた。鷺山はあの予知が本物だと信じているらしい。そうなればますます、話し合いもせずに鷺山の死を選んだことを後悔して、私の胸が痛む。

「僕はゴミ捨てに行くので。手を離してください」

話は終わりだと告げるような寂しい物言いだ。私はゴミ箱を離さず、じっと睨む。

「……納得できないとだめですか？」

「そうでしょ。話し合いもせず、あんたが死にますって言われても理解できない」

「では、こうしましょう。僕が死ぬまで付き合ってください」

だから、どうしてそうなる。

昨日に引き続き、彼は突然斜め上の発言をする。頭が痛い。開いた口が塞がらない私の反応を、うまく聞き取れなかったと解釈したらしく彼が繰り返した。

「僕と付き合ってください。そうしたら、あなたを生かすために僕は死にます」

「……は？」

なんだそりゃ。私は話し合いをしようと言っているのに、鷺山の返答は予想を飛び越えて大気圏まで飛び出してしまったような突拍子《とっぴょうし》のないもの。

それは恋愛としての付き合いか、ちょっとそこまでの付き合いなのか。返答に悩むうちに鷺山はふいと顔を背けた。

「冗談です」

しれっとした横顔に、からかって笑うだの顔を赤らめるだのといった反応は見当たらない。ぼんやりとした無の顔つき。これのどこが冗談に聞こえるのか。

このやりとりで気が抜けてしまって、私はゴミ箱から手を離していた。その隙を逃さず、くるりと身を翻《ひるがえ》して鷺山が歩き出そうとする。またしても私は追いかける羽目になった。

この男は、本当に人の話を聞かない！

「冗談でもそういうこと言うのはどうかと思うけど！」

「場を和《なご》ませようと思って」

「まったく和《なご》んでない！」

あの場で和《なご》んだ空気になるものか。なっても困る。

鷺山は私に構わず歩いていこうとする。最悪なことに彼の歩幅は大きいので、追いかけようとすれば早歩きになる。

「ちょっと！　まだ話は終わってない！」

そんなにも私を置いていきたいのか。話がしたくないのか。苛立ちながら叫ぶと、私の願いが届いたかのように彼が足を止めた。

「そうだ。香澄さんにお願いしたいことがあったんです」

「なに？　言っとくけど冗談は勘弁してよ」

「大丈夫です」

そう言って、鷺山はゴミ箱を持ったまま振り返る。相変わらず感情がわからない顔をしている。

「放課後、僕の家に来てください」

訂正する。感情どころではなかった。

鷺山が考えていることも行動も、全てわからない。

友達の家に遊びに行ったのは、小学校低学年の頃が最後だ。

あの頃はクラスに友達がいて、皆と楽しく話して、毎日のように皆と遊んでいた。

一人でいる方が楽だと気づいていなかった。

けれど今は高校二年生。友達の家に行くとしても相手は男子である。空気が違う。私はずっとうつむいて考えごとに徹していた。

鷺山についてきてよかったのだろうか。断るべきだったのか。家に着いたら鷺山の両親がいるかもしれない。どう挨拶をすればいい。そもそも突然女の子を連れてきて驚かれるのではないか。ああ、私は判断を誤ったのだ。

それほど悩んでしまうのは、先導して歩く鷺山が無言だったからだ。たまに私がついてきているか振り返るだけで言葉を発さない。それもまた気まずい。こういう時こそ冗談の出番だ。場を和《なご》ませるなら今だというのに。

そうして重苦しい空気が続き、ようやく着いたのは兎ヶ丘高校から離れたマンションだった。外観は綺麗だけどエントランスは陰気が染みついたように静かだ。

鷺山は慣れた手つきでポストを開ける。隣のポストは手紙や新聞がぎっちりと詰まっていたけれど、鷺山が開けたポストには何も入っていなかった。

階段をのぼって二階。ドアの前に立つと鷺山は鍵を取り出した。慣れたその動作に違和感を抱き、私は彼に聞く。

「家の人、いないの?」

聞くと鷺山はこちらも見ずに頷いた。

「はい。僕、一人なので」

「は？　一人暮らし……」

「はい」

家の人がいれば気まずいと想像していたので胸をなで下ろす。

それならよかった。考えていた挨拶の言葉もいらなかった――なんて安心しかけたけれど、違う。もっとだめだ！

一人暮らし。つまりこの家には鷺山しかいないのだ。家に入れば二人きりになる。しかも鷺山は昨日告白してきたばかり。

「あ、あの……きゅ、急用が」

まずい。逃げ出した方がいい。後ずさりするも、扉はもう開錠済み。クリーム色の重たい玄関扉を開けた鷺山がこちらを見ていた。

「どうぞ。あがってください」

私は逃げ遅れてしまったのだ。こうなれば覚悟を決めていくしかない。何かあれば鞄を振り回してでも戦ってやる。

「……おじゃましまーす」

おそるおそる部屋に入る。室内は狭いワンルームで、ベッドとキッチンが同じ部屋にある。小さめのキッチンに食器類は見当たらず、冷蔵庫はとても小さい。

実家から出たことのない私にとっては新鮮だった。兎ヶ丘を出て、誰も知らない場所で一人暮らしをする。そんな目標について考えた時に思いつきそうな部屋だ。

家具はシンプルなパイプベッドとサイドボード、ガラステーブル。あとベッドの横に不思議な金網《かなあみ》と板が置いてあった。教科書や本といったものは床に積み上げられているので、綺麗な部屋と言い難いが、汚い部屋と呼ぶほど物もない。いかにも鷺山らしい部屋だ。

何よりも驚いたのはクーラーがつけっぱなしということだった。家に入った時から涼しかったのだが見上げるとクーラーの電源ランプが点いている。

「クーラーつけっぱなしだよ」

「はい」

「電気代かかるよ」

「大丈夫です。そうしないとまずいので」

何がまずいのか。これが私の家ならば、二、三日は文句を言われ続ける重罪だ。

しかし鷺山はクーラーを止めようとしていなかった。彼はベッドの横に置いてある金網《かなあみ》のそばに向かう。金網《かなあみ》の上に木の板を置いていたことから自作のテーブルと思っていたのだが、鷺山は早々に板を手に取った。

「お願いしたいのは、これです」

そう言って彼は身を屈める。カチャンと軽い金属の音がした。どうやら金網《かなあみ》に扉があるらしく、それを開けたらしい。そして、開いた扉と床を繋ぐかのように先ほど手に取った木の板を取り付けた。まるでスロープだ。

そう考えていると金網《かなあみ》の中からもぞもぞと音が聞こえた。そして、勢いよく何かが飛び出てくる。それは素早い動きで部屋を駆け回る。鷺山の足の周りを何度も周り、嬉しそうにぴょんと跳ねながら床に置かれたもふもふのクッションに向かう。

長い耳。クッションに負けないもふもふの体。

「……うさぎだ」

私が呟くと鷺山は頷いた。鷺山はクッションのそばに向かうと、うさぎのそばに腰を下ろす。うさぎも逃げることなく、むしろ撫でてほしいと言わんばかりに鷺山の手のひらに頭を突っ込んでいた。彼は表情を緩めず、ぼんやりとした顔のまま言った。

「僕が飼っているうさぎです。名前はゲンゴロウです」

「……ゲンゴロウ」

「ちなみにメスですよ」

「ゲンゴロウでメス……」

ブルーグレーの可愛らしいうさぎなのに名前が残念すぎる。ゲンゴロウと聞いて浮かぶのは昆虫だし、メスのうさぎにつける名前ではない。鷺山のネーミングセンスに疑問が残る。

　こんな名前をつけられてしまうなんて可哀想に。哀れみの目を向けるも、ゲンゴロウは額を撫でられて気持ちよさそうにしている。よほどリラックスしているのか、ぐでんと体を伸ばしていた。

「それで、お願いしたいことってのは？」

「ゲンゴロウのことです。誰かにお願いしないと、僕が死んだあとに見る人がいなくなるので」

　鷺山はゲンゴロウを抱き上げる。ゲンゴロウも暴れることなくされるがままだ。

「僕が死んだあと、ゲンゴロウのことをよろしくお願いします」

　そう言って鷺山は恭《うやうや》しく頭を下げる。腕の中のゲンゴロウだけがきょとんとしていた。けれど私は顔を背けた。答えは、出ている。

「ごめん」

　もしも鷺山が死んだとしても、私は彼のお願いを叶えてあげられない。久しぶりに見たうさぎの姿に苦々しい記憶が蘇る。私は拳をぎゅっと握りしめながら話した。

「私じゃ面倒を見られない」

「うさぎが苦手ですか？」

「小学生の時は飼育委員だったよ。でも……いろいろなことがあって、今は苦手。だからごめん」

鷺山は少しだけ悲しそうに俯いた。抱き上げていたゲンゴロウを床に下ろす。

ゲンゴロウは解放されても鷺山から離れようとしなかった。足下にすり寄っている。それほど懐いているのだ。ゲンゴロウは鷺山を信頼している。

「……私、鷺山のことが理解できない」

初対面なのに名前で呼んできたり、話し合いせずに自分が死ぬと決めてみたり、かと思えば告白をしてくる。何一つ理解できないけど、特に腹立たしいものは――

「こんなお願いをするぐらいだから、ゲンゴロウが大切なんでしょ。大切なものがあるなら死にたくない、生きたいって思うはず。なのにどうして、自分が死ぬと簡単に決めたの？」

私の問いに鷺山は答えなかった。ゲンゴロウの額を撫でるだけで返事をしない。

「未来予知で見た死に方は最悪だった。だけど、一方的に決めるのはフェアじゃない。だから話し合って、お互い納得できる状態で未来を選びたかった。この状態だと、あんたに借りを作るみたいですっきりしない」

借り、と言ったところでようやく鷺山が反応した。

「……借りではないと思います」

「私が嫌なの。その理由が『私を好きだから』なんて重たいのはもっと嫌だ」

「それなら、香澄さんはどうしたいですか？」

ここまで勢いよく回っていた舌も、鷺山の発言で動きが鈍くなる。

私は、どうしたいのだろう。死にたくないけれど、でもこんなあっさりと彼の死が決まるのも嫌だ。嫌だ。全てが嫌だ。嫌だという感情だけははっきりとわかっているのに、その先が見えてこない。私は、何がしたいのだろう。

言葉に詰まって、逃げるようにテーブルへ視線を移す。そこには卓上カレンダーが置いてあった。

「……早く話し合わないと、明日にでも死んじゃうかもしれない」

死の未来がいつ来るかわからないから、急がなければ。

しかし鷺山は、卓上カレンダーを持ち上げてさらりと答えた。

「それは大丈夫です。僕が死ぬのは、今月の二十日から二十二日のどこかです」

カレンダーの下部。九月二十日から二十二日を見る。祝日と日曜が重なっているから学校はない。首を傾げる私に彼は続けた。

「どうして言い切れるの？」

「あの予知は、月鳴神社例大祭での出来事でした。だからその日まで、僕は無事ですよ」

確かにあれはお祭りの最中に起きたことだった。

普段の旧道は車が走っている。近くの国道に比べて旧道は近道になるらしく地元の人はよく使う。車を止めて歩行者天国にする日はわずか。年末と例大祭の時だけ。

「……来年の可能性は？」

「ありません。町内会テントの奥に、兎ヶ丘高校の有志《ゆうし》が作ったポスターが貼ってありました。そこに書いてあった西暦は今年のものです」

日付が絞られたことはありがたいけれど、それよりも驚いたのは鷺山の観察眼だ。私も同じ場面を見ていたのに細かく覚えていない。突然の出来事に追いつくのでいっぱいだった。

「香澄さん、聞いてますか？」

未来予知のことを思い出すのに必死だった私は、声をかけられて我に返った。

「ごめん。驚いてて」

「そんな驚くようなことがありましたか？」

「鷺山は冷静に周りを見てたんだと思って」

思えば鷺山は、マイペースだけどいつも冷静だ。未来予知の時だけではない。その後、駆けつけた先生にも事情を説明する余裕があった。嫌だ嫌だと感情をぶつけてばかりで何がやりたいのかもわからない、そんな私とは少し違う。

けれど鷺山は首を傾げた。

「冷静ではないですよ。僕だって怖いと思っていましたから。でも、例大祭で起きる事件よりも怖いものがあると気づいたので」

「なにそれ」

聞くと彼は珍しく返答に間を置いた。

待っていると、まっすぐ私を見つめて口を開いた。

「僕が死ぬ予定なのに間違って香澄さんが死ぬ方が、怖いです」

●九月九日

昨日は結局、鷺山との話し合いは有耶無耶《うやむや》になってしまった。ゲンゴロウの世話について断った以上長居する理由もなく、あっさりと私はマンションをあとにしている。

あれからというもの、鷺山の問いかけが頭から離れてくれない。

『香澄さんはどうしたいですか?』

私は自分が何をしたいのかわからない。死にたくないけれど、鷺山が率先《そっせん》して死ににいくのも嫌だ。あの未来の通りになれば、私は鷺山によって生かされたことになる。返せない借りを作る。他人に頼って生きる。それらの単語が頭に浮かぶとうんざりした。それが嫌だから、一人でいたいのに。

良いことがあったとすれば猶予《ゆうよ》があると判明したことだ。月鳴神社の例大祭までまだ日にちがある。私は、黒板に書かれた日付をじっと見つめる。今日は九月九日だから、未来予知の日まではまだ時間がある。

「次が最後の連絡だ。こないだ話した月鳴神社例大祭のボランティア募集だが、締め切りは今日だからな」

月鳴神社の名前が出て、体がびくりと震えた。

教卓に立つイノ先生が終礼の連絡事項を話している。

「これは一、二年生しか参加できないからな。チャンスは今年までだぞ。できればクラスから三人出したいが、まだ二人しかいない。このクラスからは古手川と藤野《ふじの》が決まってる」

言われてみれば去年もそんな話をしていた。地域貢献《ちいきこうけん》ボランティアと言いながら、蓋を開ければ雑用としてこき使われるのだろう。そんな面倒なこと、誰がやるものか。

「今日の放課後に集まるから、ボランティア希望者はすぐ申し出てくれ。以上」

イノ先生が話し終えたところで日直の生徒が「起立」と叫ぶ。あとは掃除さえ終わらせれば学校から解放されるのだ。教室内の空気も緩み始めていた。

早く帰るため掃除を終えないと。そう意気込んで廊下に出れば、ちょうど隣のクラスから出てきたらしい鷺山がいた。

「香澄さん、こんにちは」

目が合うなり挨拶する彼の様子から、急いでいるのだとわかった。

昨日のようにゴミ箱は持っていないし、肩に鞄を提げている。掃除があるはずなのにどこに行くのだろう。

「忙しい？」

「はい。急いでいます」

「ふうん……どこ行くの？」

この数日でわかったのは、気になったらすぐに聞かないと鷺山は教えてくれないこと。日付のことだって話題に出たから教えてくれただけだ。

幸いにも鷺山は真面目な一面があって、質問をすればちゃんと答えてくれる。たまに斜め上の返答があるけれど。鷺山は今回もちゃんと答えてくれた。

足を止め、私をまっすぐに見つめたまま告げる。

「月鳴神社例大祭のボランティアの集まりです」

それはつい先ほど先生が言っていたもの。鷺山とボランティアの組み合わせに私は首を傾げてしまった。マイペースすぎる彼には少々似合わない気がする。

「意外だね。ボランティアとか好きなんだ？」

「いえ。これが初めてです。今回は、予知のことがあるから例大祭に関わろうと思いました」

予知が理由。ここで出てくるとは思わなかった単語に私は眉根を寄せていた。

「関わるって……あんたにとって例大祭はよくないことでしょ。自分が死ぬかもしれないイベントに、どうして関わるの？　家に引きこもっていた方が回避できるかもしれないのに」

「回避はしません。僕は予知の通りに死にます。それが香澄さんを守る方法ですから」

未来は日付までわかっているのだから、神社に行かなければ生きる可能性がある。それなのに彼は率先《そっせん》して祭りに関わろうとしている。

鷺山が、理解できない。

「ボランティア希望者は今から集まるそうなので、行ってきます」

呆然としている私を残し、鷺山は行ってしまった。

ボランティアに参加しなければいい。祭りなんて行かなければいい。なのに自ら飛びこんでいく。好きだの守るだの勝手なことを言うくせに、私と話し合ってくれない。

腹が立った。予知の時から今日まで、振り回されっぱなしで頭が痛い。

何が『香澄さんを守る』だ。命を捧げるほど、私の何が好きなのか。

わからない。全てが煙に包まれているようなこの状況に、イライラする。

私は鞄をひっつかんで走った。行き先は鷺山が向かった方向ではなく、職員室方面。

「先生！」

ちょうど職員室に戻ろうとしていたイノ先生を見つけて声をかける。

「なんだ鬼塚か。珍しいなあ……ってお前、顔真っ赤だぞ」

「……これは」

指摘されて気づく。鏡なんて見る暇がなかったので自分がどんな顔をしていたのか知らなかった。走ったといえど距離は短く、思い当たるのは鷺山が言う変なことのせいだ。好きだの守るだの、普段聞き慣れない単語ばかり喋るから、それについて考えると頭がのぼせそうになる。

私は短く息を吸いこむ。のんびりしている場合ではない。イノ先生にお願いをしないと。

「私も月鳴神社例大祭のボランティア、やりたいです」

私が言うなり、イノ先生は驚きに大きく目を見開いて、固まっていた。聞き間違いを確かめるように震える指が私に向けられる。

「お、鬼塚が……？　聞き間違い……じゃないよな？」

「間違いじゃないです。ボランティアをやるって言ってます」

「……え、えええ？　どうした、何かあったのか？　前向きな学校生活を送りたくなったか⁉」

「気が向いたので参加するだけです。深読みしないでください」

イノ先生が驚くのも無理はない。入学してから今日までの私は、クラス活動に無関心、友達も作ろうとしない。仲のいい子でグループを作れと言われたって一人でいたいと主張するような子だった。このクラスでボランティアに参加しない生徒の筆頭として認識していただろう。

「やってくれるなら助かるが……本当にいいんだな？　間違ってないな？」

「やります」

「お、おう……」

それからイノ先生は職員室の中を覗く。目的となる先生は見当たらなかったらしい。

「そろそろ集まっているかもしれないぞ。一年A組の教室だけど……様子見て、打ち合わせが始まってるようなら諦めろよ。掃除は免除してやるが、頼むから、今度はもっと早く名乗り出てくれ」

許可は得られた。私はイノ先生に頭を下げて、再び駆けだす。

一年A組の教室に着いて様子を見る——なんてことはしない。打ち合わせが始まっていたとしても諦めてやるものか。

迷わず、力強く扉を開け放つ。バーン、と盛大な音が教室や廊下に響き渡った。

先生の予想通り打ち合わせは始まっていたらしい。そんな中に私という乱入者がやってきたのだから先生や生徒たちの視線がこちらに集中するのは仕方のないこと。

「……遅れました」

注視《ちゅうし》される気まずさに耐えきれず、そう呟きながら顔をそらす。教室の奥に鷺山がいるのが見えた。どういうわけか彼だけはこちらを見ていない。肩をぷるぷると震わせて俯いている。あれはもしかすると、笑っているのだろうか。

しんと凍りついた教室で動いたのは先生だった。

「び、びっくりしたよ……あんた、もう少し静かに扉を開けられないのかい」

「二年B組の鬼塚香澄です。遅れました」

「ちょうど自己紹介をしていたところだから大丈夫だよ。席は二年B組の列に座って。藤野さんの後ろね」

私のクラスからは三人。古手川さんと藤野さんが座っていて、その後ろが空いている。そこに腰掛けると、隣は鷺山だった。二年C組の列の一番後ろに座る鷺山はまだ笑いが止まらないらしく、手で口元を押さえている。

「笑ってたでしょ」

「笑っていません」

「嘘。絶対笑ってた」

「香澄さんが悪いですよ。派手な登場の上、般若《はんにゃ》の顔をしてやってくるのは……ふふ、笑うなと言われても……ふふ」

楽しそうで何より。般若《はんにゃ》とか言われた気もするし、笑い方も少し不気味だけど放っておく。

教卓には今回のまとめ役となる先生がいた。二年の学年主任で担当科目は生物、あだ名はハナ先生。本名に花という字は入らないけれど、花柄の服を好み、白衣の下は花柄のシャツだ。体格がなかなか良く、悪くいえば横に大きめ。今年の夏に見た時は、白衣の下に着たヒマワリ柄が横にみょんと伸びていた。今日も花の種類はわからないけれど、ピンクの花が透けて見えている。

そんなハナ先生は兎ヶ丘出身だ。兎ヶ丘高校卒業生といっても三十年ほど前の話らしいが。学校だけでなく町からも慕われている。だからボランティアたちをまとめているのだろう。

そのハナ先生が全員の顔を見渡した。

「それじゃ、改めて。お手伝い希望ありがとうね。今日から例大祭までの間、皆は『例大祭守り隊』の仲間だ。一年生は来年もあるけど、二年生は今年が最後だから。

ほら三年生になったら受験とか忙しくなるだろう？　だから気合い入れていこう」

守り隊。なんとも安直《あんちょく》な名前がついたものだ。

「主な活動内容は、例大祭の間の迷子誘導やゴミ拾い。旧道に本部テントを出すからそこで待機して、困った人がいたら声をかける。ここらへんの活動は去年参加していた子が詳しいだろうね」

そこで区切ってハナ先生はこちら側に視線を向けた。私は去年参加していないから違う。私のクラスの藤野さんが相づちを打っていたので、彼女が去年も参加していたのだろう。

「日程は九月二十日と二十一日です」

ハナ先生が黒板に日付を書く。けれどその日付に違和感があった。だって例大祭は三日間のはず。

すかさず鷺山が手をあげた。

「例大祭最終日は活動なしですか？」

「二十二日は町内会が担当するからね、高校生ボランティアは初日と二日目だけ」

その返答を聞くなり、鷺山は俯いて考えこんでしまった。何を考えているのか詳しく聞きたいが声をかけられる空気ではないので後ほどにする。

日程を話し終えると今度は例大祭当日までの準備に移った。どうやら守り隊は当日の業務以外に掲示ポスターを作っているらしい。ハナ先生は黄色のチョークでポスターについてと書いている。

「月鳴神社例大祭では協賛企業のポスターを貼っていてね。なるべく掲示板は埋めたいから、空いたスペースには学生作のポスターを貼ることになっているんだよ。今年は三枚分の枠が空いてる。それを皆に作ってもらいたいんだ。テーマは祭りに関すること。去年は『ゴミを持って帰ろう』と『落とし物注意』だったね」

このポスターは各自で作って十四日に提出し、出来のよいものから三枚を選ぶそうだ。ハナ先生だけでなく、皆の意見で決めるらしい。

「ポスターは個人で作ってもいいけど、グループで作ってもいいからね。クラスで分かれてもいいし、学年やクラス関係なく仲良しの子でもいい。そこらへんは自由にやって構わないよ」

それを聞いて、教室に集まった生徒たちの空気が変わる。振り返って仲良しの子に目配せをしたり、声をかけようとそわそわしたり、そういった浮ついた空気感だ。

私はこういうのが苦手だった。グループを作れ、二人組を作れ。そうやって指示されるたびに苦々しい気持ちになる。忘れようとしているのに、昔の自分を思い出してしまうから。

小学校低学年の頃の私も、こういう時になるとそわそわしていた。クラスにいる子に声をかけたくて気が急いて、先生の話も耳に入らないぐらいに。

でも今は違う。私は他人を信じない。一人でいるのが楽だから。

こうしてハナ先生による守り隊の説明が終わった。先生が合図をすると皆が立ち上がる。

私は鷺山の様子が気になっていた。彼がハナ先生に質問していたのは目的があるはずだ。だが、こういう時の鷺山は妙に素早くて、そそくさと教室を出て行ってしまった。逃がすものか。私は鷺山を追いかけようと慌てて鞄を手に取る。

けれど、それと同時に前に座っていた古手川さんと藤野さんがこちらにやってきてしまった。

「鬼塚さんも参加するんだね！」

笑顔でそう話すのは藤野さん。

長い髪はいつもポニーテールに結っていて、肌もこんがりと日焼けしている。性格もハキハキとして明るく、私の中の運動部女子のイメージと完全に一致している。私が日陰のキノコなら、彼女は日向のタンポポが似合う。

「こういうの嫌いだと思ってたからびっくりしたよ。最近、あんまり喋らないし」

「……あー、うん」

お察しの通り、ボランティア活動は苦手だ。けれど正直に言って水を差したくないので言葉を濁す。

すると藤野さんの隣にいる古手川さんが首を傾げながら私に言った。

「どうして参加しようと思ったの？」

古手川さんは先日倒れていた私に声をかけてくれた人でもある。小柄な彼女が藤野さんの隣に立つと、中学生のように見えてしまう。騒ぐタイプというよりは、静かに相手の話を聞く子。だから藤野さんと相性がいいのかもしれない。

どうして二人のことに詳しいのかというと、小学校から一緒のためだ。二人と同じクラスになったのは小学校三年生から四年生までの間。特に三年生の最初は、私はクラスメイトたちと積極的に話していたので、古手川さんや藤野さんとも話したことがあるし、一緒に遊んだこともあった。

中学ではそれぞれ別のクラスだったから接点はなく、そもそも私が他人と関わることを控えていたので二人のことはよくわかっていない。

高校になって古手川さんや藤野さんと再び同じクラスになったけれど、私から声をかけることはしない。一緒にグループを作ろうと言われても、あの頃のように頷きはしない。

そういった雰囲気を二人も感じ取っているのだろう。だから、人と関わろうとしなくなった私が守り隊に参加したことに驚き、その理由が気になっている様子だ。正直に理由を言えば彼女たちはどんな反応をするだろう。

私はぐっと唇を噛む。違う。信じてはいけない。理由を話したところで、彼女たちの耳に届かないかもしれない。

「私よりも二人はどうして参加したの？」

悩んだ末、私は質問に質問で返すという鷺山方式を採用した。

すると藤野さんが最初に口を開く。

「うちの家、旧道にあるんだよね。だから月鳴神社のお祭りの時は家の前に屋台が出るの。家にいたって暇だから毎年ボランティアに参加してるよ」

「私は、おじいちゃんが町内会役員をやっていたから……」

藤野さんと古手川さんの答えはしっかりしたものだった。勢いで参加した私とは違う。

「それで。ポスターのことなんだけど」

藤野さんが言い出したところで、察する。

きっとポスターを一緒に作ろうと声をかけるつもりだろう。けれど私は誰かと一緒に作業をするなんてごめんだ。声をかけられる前に、私は立ち上がる。

「ごめん。急いでるから」

二人を置いて、私は教室を出る。二人とも残念そうな顔をしていたけれど、クラスメイトと馴れ合うためにボランティアに参加したわけではない。友達なんていらない。

それよりも大事なのは鷺山のことだ。あいつが何に気づいたのか、聞き出さないと。

ようやく鷺山に追いついたのは昇降口《しょうこうぐち》だった。靴を履き替える背中に声をかける。

「話あるんだけど」

「はい」

「ここじゃ人が多いから、帰りながら話そう」

提案すると鷺山は頷いた。

学校の敷地を出て、二人並んで歩く。周りには遅めに学校を出た帰宅部がいたけれど距離があるから話は聞かれないだろう。周囲を確かめたあとに、話を切り出した。

「打ち合わせの時に何か考えてたでしょ？　わかったことあるなら教えて」

鷺山は特に表情も変えず、淡々と「わかりました」と答えた。

「ハナ先生の話を聞いて、僕が死ぬ日が判明しました」

確か、月鳴神社の例大祭が開かれる三日間のどこか、だったはずだ。しかし鷺山は三日間のうちのどの日なのか絞り込めたらしい。

「僕が死ぬのは、二十二日です」

「どうしてわかったの？」

「予知で見た『香澄さん』と『僕』が立っていたのは本部テントの近くでした。そこには高校生ではなく、町内会の人たちが控えていました」

　言われてから思い出す。確かに本部テントがあった。そして座っていたのは町内会の人たちばかりで、皆してお酒を飲んでいるのか顔は赤らみ、机もごちゃごちゃとしていた。

「本部テントはいくつも設置されると思いますが、あのテントの奥には兎ヶ丘高校制作のポスターが貼ってありました。守り隊が待機するのはあのテントで間違いありません。あと——」

　ぞわりと肌が粟立《あわだ》った。私なんて、言われてから思い出している程度なのに、鷺山はちゃんと観察し、周囲の様子を覚えていたのだ。

　鷺山はいつも冷静に物事を見ている。同じ年と思えないぐらいに。

　本能的に、彼に敵わないと気づいた。

　時折変な発言をする鷺山だけれどその観察眼は優れている。私とは違う。鷺山と私を比べれば、鷺山の方が優秀だと皆が言うのだろう。

　胸が、ずきんと痛んだ。

「……香澄さん?」

　呼ばれてはっと我に返る。彼がこちらを覗きこんでいた。

「ごめん。考えごとをしてた。それで?」

「僕はこれから現地調査に行きます。強盗《ごうとう》が出てきた家が気になるので」

私の返答を待たず鷺山は歩き出す。ついてこいともくるなとも言わない。彼はマイペースだ。そうなれば私だって自由に行動してやる。躊躇《ためら》いなく彼のあとを追いかけた。

兎ヶ丘高校から月鳴神社に向かうまでは遠い。自転車が欲しい距離だ。中間地点と言える場所に懐かしの兎ヶ丘小学校があり、グラウンドでは小学生が集まってサッカーや鬼ごっこで遊んでいる。それを横目に見ながら長い下り坂を下りる。下り坂を終われば住宅街。そして、月鳴神社だ。

「……場所は旧道でしたね」

鷺山は月鳴神社に寄らず、旧道に向かう。

このあたりは例大祭で歩行者天国となる通りだ。今日は例大祭ではないので車も走っている。昔の道ならではの狭い歩道を私たちは一列になって歩いた。

「もうすぐ例の場所です」

旧道の中ほどまで進むと鷺山が言った。お祭りの時はここらに屋台が出ていたし、暗かったからあまり覚えていない。迷わず歩いていくところから彼は覚えているのだろう。

「それで現地調査の目的は？　家が気になるって言ってたけど」

「家というよりは、あの時に出てきた人が気になりました。怪我《けが》をして出てきた女性に心当たりはありませんか？」

そう言われて思い返してみる。家から転がり出てきた女性は血まみれで、それが衝撃だったからはっきりと顔まで見ていない。

けれど、どこかで会っている気がする。あの声も最近聞いたような。

その疑問はまもなく解決した。鷺山が足を止めた家、その表札に書いてあった名に息を呑む。

「……やはり、そうですよね」

表札には『藤野』と書いてあった。鷺山も同じ人物を思い浮かべたらしく、眼鏡の位置をずらしながら呟く。

「ここは、香澄さんのクラスにいる藤野ななさんの家だと思います」

藤野さんがボランティアに志願した理由は『旧道に家があるから』だった。例大祭の時は家の前に屋台が出るとも言っていた。このあたりに住んでいることは間違いないだろう。

「……本当に、怪我《けが》をするのは藤野さん？」

鷺山は淡々と、表情一つ変えずに頷いた。

「いつ、気づいたの？」

「今日です。守り隊の顔あわせで藤野さんを見て、ピンときました。予知で右肩を怪《け》我《が》していたのはこの人だと」

ぞわりと、悪寒《おかん》が私の肌を撫でる。

あの未来予知の通りになれば、鷺山だけではなく藤野さんも怪《け》我《が》をするのだ。

藤野さんとは親しくない。今日だって久しぶりに言葉を交わした。その程度の付き合いだけれど、きらきらした笑顔で話しかけてきた彼女が、ひどい怪《け》我《が》を負うのだ。想像すれば胸が痛む。

「では、帰りましょうか」

立ち尽くす私に対し、鷺山はあっさりとしていた。

まさかここまで来て、名前の確認だけなのか。私は慌てて鷺山の背に問う。

「これだけ？　もういいの？」

「はい。目的は達成したので」

「次はどうするの？　どこかに行く？　それとも藤野さんに会う？」

来た道を歩きだす鷺山はさらりとした声で「いえ」と首を横に振った。

「怪《け》我《が》をするのが藤野さんだとわかったところで、僕はどうする気もありません」

「は……なにそれ。藤野さんはどうでもいいってこと？」

「余計なことをして未来が変わるぐらいなら僕はこのままでいい。ここに来たのは知的好奇心を満たすためです」

非情だ、と思ってしまった。藤野さんが怪我《けが》をするとわかっていても鷺山は動く気がないのだ。本当にそれでいいのだろうか。

私は隣に並び、鷺山の様子を窺う。彼はまっすぐ前だけを見ていた。まるで鷺山は自分が死ぬ未来を受け入れて、それ以外の未来は考えていないかのように。

行きは楽だった長い下り坂は、帰り道になると地獄の上り坂に変貌《へんぼう》する。中間地点となる兎ヶ丘小学校のところで、鷺山が足を止めた。

「香澄さんは、ここの卒業生でしたよね」

「そうだけど、いい思い出がない」

グラウンドでは、小学生たちが集まってサッカーをしている。鷺山は歩き出す様子なく、グラウンドの方をじっと見つめていた。

「……香澄さんは、どんな小学生でしたか？」

珍しいことを聞くものだ。そして普段なら、私も答えなかっただろう。

けれど今回は違った。藤野さんが怪我《けが》をする未来を知って、私の心が動揺していたのかもしれない。

「自分で言うのもおかしいけど、冷《さ》めてる子だったよ。特に小学校四年生ぐらいからは」

「なるほど。香澄さんは今もクールですもんね」

「大人びてクールすぎるどころか変わり者の鷺山に言われたくないんだけど」

どちらの方が冷《さ》めているかはさておき。私は可愛げのない子供だっただろう。友達と遊ぶことや楽しく笑うことなんて、あまりなかった。

いや、違う。あの頃までは楽しかった。

「……小学校三年までは友達がいて、それなりに楽しく過ごしていたよ。今はもう、そういう付き合いなんていらないけど」

「どうしてですか？」

「人って怖いから。私が信じているものを簡単に踏みにじっていく」

小学校三年。それは私が自分の生き方を変えた時期。

楽しく話していた友達が、私が大事にしまっていた思い出を汚していく。土足で踏み荒らして傷をつける。あの時の痛みがずっと残っている。

グラウンドの奥にかつての飼育小屋が見えた。私は目をそらす。

「……私の話をしたって楽しくないよ。将来の夢は兎ヶ丘から離れたところで一人暮らしをするなんて、つまらない小学生だったから」

この話題を続けていたくなかった。嫌な話題から逃げるために話を振る。

「鷺山は？　将来の夢とかあるの？」

彼なら一人で黙々と行う仕事が向いていそうだ。猫背を直せばスタイルはいいし、特にその長身には白衣が似合いそうだ。研究室に引きこもる仕事なんて向いていそう。鷺山が答えてくれるまでの間、勝手な想像を繰り広げる。どれも一人でする仕事ばかり、社交的な職業は一切浮かばない。山奥の陶芸職人《とうげいしょくにん》とか霞《かすみ》を食べて生きる仙人――と想像していたところで、ようやく鷺山の口が動いた。

「救急救命士になるのが夢でした」

確か、救急車に乗って救命処置をする人のはず。その単語は私の予想を大きく裏切るものだった。救急車に乗る鷺山を想像しようとしたけれどうまくいかない。似合わなすぎて想像できない。

「……夢の話なんてしても意味ありません。行きましょう」

してても意味がない、と語ったのは自分が死ぬからだろう。その夢が叶うことはないと鷺山はわかっているのだ。

彼は歩き出した。私もその後をついていくけれど、胸中のもやもやは晴れることがない。

鷺山は将来のことを考え、夢を持っている。

けれど未来予知の通りになるのならば、死ぬ。そんな鷺山によって生かされようとしていくのが、人と関わりたくないだけで夢のない私だ。

生き残るのは私でいいのか。生きるべきは鷺山ではないか。心の靄《もや》はいつの間にか雨雲になっていて、マイナス思考の雨が降る。

私は、何がしたいのだろう。

この雨はしばらく降り続ける気がした。

●九月十日

私の心を表すように外は雨が降っている。天気予報によると雨は一日中降るらしい。九月の雨は暑くてじめじめするので最悪だ。

放課後になって一年A組の教室に向かう。前回と違って予定時間より早く着いたのでハナ先生は来ていない。鷺山や古手川さん、藤野さんと面々は揃っていた。

私は前回と同じ席に鞄を置くと、藤野さんのところへ向かう。

「ちょっと聞きたいことがあるんだけど」

私が声をかけると藤野さんは目を丸くし、けれどそれは一瞬で終わって笑顔に変わる。

「なになに⁉　何でも聞いてよ」

元気とか明るいとかそういった単語の似合う女子は眩しすぎて、長時間接していると疲れてしまいそうだ。そのため、私は早々に本題を切り出した。

「九月二十二日って何か用事ある？」

視界の端で鷺山の手がぴくりと反応した。それを知らず藤野さんは答える。

「あるある。九月に親戚の集まりがあってさ、皆で伊豆《いず》に行って一泊するんだ。二十二日に出かけて二十三日に戻ってくる予定」

二十二日。予知の事件が起きる日、藤野さんは家にいないということになる。

つまり、鷺山の予想が外れる。そうなれば鷺山が死ぬのは別の日になるのだろうか。

私の表情が翳《かげ》ったことに気づいたらしい藤野さんは「でも」と声のトーンを落として続けた。

「今年の日程はさ、学校を休まなきゃいけないから嫌なんだ。剣道部の練習を休みたくないし」

「嫌って……旅行に行かないの？」

「親にも嫌だったら留守番していいよって言われて悩んでいるんだよね。やっぱ部活が大事だから。今年は家に残っていようかな——うん。そうしよ。鬼塚さんと話してたら気持ちが固まったよ。今年はうちだけ居残りにする！」

声をかけたことで謎の決心がついたらしい。どう反応したらいいのか困って鷺山に視線を移すと、私にだけ見えるように小さく手招きをしていた。

藤野さんにお礼を言って話を切り上げ、鷺山のところへ向かう。さすがに教室では話しづらいのか鷺山は廊下まで歩いていった。

「香澄さんのおかげでひとつ情報が得られましたね」

「藤野さんの話からわかることとあったの？」

「これは僕の予想ですが……予知の日、藤野さんは一人で家にいるのだと思います。あの日、家から出てきたのは藤野さんだけでした。もし家族が残っていたのなら、家族に助けを求めたはず。もしくは家族が、藤野さんを助けるべく外に助けを呼びにいった」

「そうだね。あの日、外に出てきたのは藤野さんだけだった」

先ほど留守番すると決めていたから、その通りになるだろう。そうして一人で家にいる時、泥棒《どろぼう》が家に入ってくる。襲われ、大怪我《おおけが》をするのだ。

他人はどうでもいいと思っているけれど、藤野さんのことが引っかかる。怪我《けが》をせずに済む方法はないのだろうか。

「……旅行に行った方がいいって提案をしたらどうなるだろう？」

鷺山は首を傾げた。

「わかりません。どのように未来に影響するのか予測できませんから。でも――」

そこで少しだけ言葉を区切る。彼自身も、考えている最中で確信を得られていないようだった。

「もしかすると……未来予知での『僕たち』も藤野さんに声をかけていたのではないでしょうか」

「どういうこと？」

「彼女は香澄さんと話して決心したと言っていましたから、ここで声をかけなければ伊豆旅行に行ったのかもしれません」

未来予知での自分も同じ行動を取っていたのなら――何をしても未来は変わらないのだと告げられているような気がした。

無意識のうちに唾を飲みこむ。ごくり、と音が聞こえるほど私たちは静かだった。

「先生がそろそろ来るはずです。戻りましょう」

促されて教室に戻る。ハナ先生が来ないのもあって、教室では生徒たちが自由に喋っていた。

席に戻ると、鷺山の前に座る男子が振り返った。彼は二年C組の篠原渚《しのはらなぎさ》だ。私が戻ってくるのを待っていたらしい。「よう」とわざとらしく手をあげて挨拶している。

「鬼塚、久しぶりだな！」

「……どうも」

「素っ気ねーの。同小、同中なんだし仲良くしようぜー」

私にとって篠原という男は面倒だ。何度も同じクラスだったから覚えている。クラスの中心人物として名をあげればだいたい篠原が出てくる。人を巻き込んで喋るのが好きな性質やその騒がしさで、存在感がある。悪く言うと、うるさい男。

無駄な話をしたくないので会話を切り上げたいところだけど、援護射撃《えんごしゃげき》として間に入ったのは藤野さんだった。

「篠原がだるい絡み方するから、鬼塚さんが嫌がってるじゃん！」

「嫌がってないよなあ、鬼塚？」

「もー。そうやって無理矢理に話を振るのやめなー」

藤野さんと篠原は仲がよさそうだ。そういえば二人とも剣道部所属という共通点がある。

さらに古手川さんも、二人のやりとりを見てくすくすと笑っていた。

「鬼塚さんに、篠原くんに藤野さん。なんだか兎ヶ丘小学校に戻ったみたい」

「……戻ってないけど」

ぼそっと呟くと古手川さんがこちらを向いて「覚えてないの？」と首を傾げた。

「小学校三、四年の時、私たち同じクラスだったでしょ。鬼塚さんと藤野さん、私に篠原で二組だったよ」

私は心の中でため息をつく。覚えている。

ある時期は席替えで私の隣に篠原がいて、前の席に藤野さん、その前に古手川さんが座っていた。だから給食の時間になれば席をくっつけて、皆で話しながらご飯を食べていた。デザートのゼリーが苦手だからと残そうとすれば篠原と藤野さんが目を輝かせ、二人で取り合いの喧嘩《けんか》までしていた。

覚えているけれど、私は忘れたい。古手川さんのように笑顔になんてなれない。

「昔のことはいいよ」

回顧《かいこ》なんてさせるものかと私は短く切り捨てる。小学校の三年から四年まで、その頃は私にとって嫌な記憶が多い。昔のように笑えない。

そう考え、逃げるように視線を外す。するとこちらの方を向いていた一年生の子と目が合った。

「あの……聞こえちゃったんですけど、先輩たちって兎ヶ丘小学校出身ですか？」

「そうだよ。うちらは、兎ヶ丘小学校の卒業生！」

一年生の問いに、答えたのは藤野さんだ。何度も頷いている。

私たちが兎ヶ丘小学校の卒業生と知るや、一年生の子はおずおずと聞いてきた。

「あの噂って……本当ですか？」

嫌な予感がした。眉間に皺を寄せて一年生を睨みつける。

けれど古手川さんが穏やかに問う。

「噂ってなあに？」

「兎ヶ丘小学校の飼育小屋には幽霊が出るって噂なんですけど……」

すると篠原や藤野さんが頷いた。

「あー、なんかそんな噂あったな」

「うさぎ小屋の幽霊でしょ？　うちもそれ聞いたよ」

「本当ですか⁉　肝試しの前に詳しく教えてもらえませんか⁉」

胃がきりきりと痛む。いつの間にか噛みしめていた奥歯が嫌な音を立てた。

幽霊、幽霊、幽霊。

兎ヶ丘小学校の話が出れば、いつも幽霊の話題が出る。誰かから聞いただけの話を信じて、確かめもせず他の誰かに語る。

そんなのうんざりだ。苛立ちは抑えられず、ついに口からこぼれた。

「違う」

私が急に声をあげたことで、皆がこちらを見る。

視界の端で鷺山が顔をあげたのがわかった。

「勝手な話をしないで。幽霊はいない」

この程度では足りないぐらいに腹が立っているけれど、伝えても信じてもらえないことを私は知っている。だから、苛々を凝縮《ぎょうしゅく》させて低い声にのせる。篠原や藤野さんたち、一年生の子も私の方に視線を向けたまま固まっていた。

気まずい空気が流れる中。教室の扉が開く。

「はーい。遅くなってごめんね。連絡事項あるから席に着いて」

白衣に透けた花柄。いつものハナ先生だ。

一年生たちは何事もなかったように席に戻っていく。彼女たちは怯えているのか、私の方を二度と見ようとしなかった。

守り隊の打ち合わせ二回目は連絡事項とポスター用紙の配布だった。ポスター用紙は一人一枚配布し、足りなければいつでも職員室に取りにきてと言っていた。守り隊に参加した以上、私も一枚は書かなければいけないのだろう。

連絡事項の伝達を終えるなりハナ先生は教室を出て行った。今日はあっさりと解散だ。

解散になると、鷺山はすぐ教室を出て行く。挨拶もしない。何か声をかけようかと迷ったけれど、一昨日昨日と寄り道続きだったことを思い出し、声をかけなかった。

とにかく疲れていた。藤野さんや古手川さん、篠原という面々が集まって、小学生時代を思い出してしまったこと。それに呼応したかのように、うさぎ小屋の幽霊に関する噂。封じていたいものを無理矢理に開けられたような心地で、だからいつもより疲れを感じている。

家に帰るとまず勉強机に向かった。ポスター用紙とメモを置いて考えこむ。

兎ヶ丘の町名にあやかって兎の絵を描きたいけれど美術の成績はよろしくないので絵に自信がない。それに祭りに関する標語《ひょうご》もなかなか浮かばない。祭りに関する標語《ひょうご》となると『ゴミは持って帰ろう』が無難だろうか。

とりあえずスマートフォンでうさぎの写真を検索してみる。

「……ゲンゴロウ、だっけ」

画像検索で出てきた写真の中に、鷺山が飼っているうさぎに似ているのがあった。ふわふわとして動きも可愛らしいメスのうさぎ。なのにゲンゴロウと名付けるセンスはまったく理解できない。

今頃、鷺山は何をしているのだろう。無表情でゲンゴロウを撫でているのだろうか。将来の夢があって、人より優れた能力もあって、大切なペットがいる。鷺山のことを知るたびに生き残るべきはどちらなのかという問題の答えが見えてきていた。

私は、鷺山が生きるべきだと思う。

これは告白などは関係なく、私たちを比較した結果だ。

答えが出ていても動くことができないのは、情けない話だけれど死ぬのが怖いから。人と関わりたくないと言っておきながら、あんな風に殺されたくない。自分が殺されるその瞬間を目の当たりにしてしまったから余計に。

『香澄さんはどうしたいですか？』

鷺山の問いかけが頭に浮かぶ。私は何がしたいのだろう。

「……鷺山も私も、生きていたい」

独り言は部屋に響く。

生きていたいなら、事件が起きなければいい。

そこで、疑問が浮かんだ。

事件が起きなければどうなる？　事件が起きなかったら、鷺山は助かるかもしれない。私だって刺されない。皆で幸せな未来になるのではないか。

未来を変えたら。

それは、分厚い雲が覆っていた心に光が差した瞬間だった。

第二章　生きるべきは

●九月十一日

翌日の放課後、私は職員室にいた。

「過去のポスターを見せていただけませんか？」

私の申し出にハナ先生は目を丸くして固まっていた。隣の机にいるイノ先生も赤いペンを握りしめたまま、あんぐりと口を開けている。二人して「あの鬼塚が」と言い出しそうな顔だ。

「ず、随分やる気だねえ……何があったんだい？」

「ポスター作りの参考にしたいだけです」

「写真でもいいかい？　今までのポスター、写真で撮ってあるからね。確かこのフォルダに――」

ノートパソコンの液晶に過去のものだろうポスターが表示された。定番は『ゴミを持って帰ろう』の標語《ひょうご》らしい。去年も一昨年も同じ文言が使われていた。

「……なるほど」

デザイン、標語《ひょうご》の配置。そういったものをじっくり見ていく。似たクオリティのものが作れるかは自信がないけれど、やれることは全部やりたいと思う。

モニタを凝視《ぎょうし》する私に、ハナ先生はふっと笑った。イノ先生もこちらを覗きこんでいる。

「こんなにやる気を出すのは珍しいねえ。いいことだよ」

「鬼塚……お前、ポスターを作るのが好きだったのか？」

ハナ先生はともかくイノ先生に変な誤解をされては困るので、早々に否定する。

「違います。気が向いただけです」

それでも二人ともニヤニヤとしていた。妙に嬉しそうな口元に、少しだけ腹が立つ。

「これ、毎年苦労してるみたいでねえ。鬼塚さんは誰と一緒に作るんだい？」

「鬼塚！　誰かと一緒に作るんだよな？　わかりあえるやつがついに見つかったんだな!?」

「いえ、一人でやります」

ハナ先生の問いかけにぴしりと答えれば、先生たちの笑顔が曇った。

イノ先生は「だよなあ」と期待を裏切られたような言葉を残して作業に戻り、ハナ先生も呆れ顔で苦笑いしていた。

「B組なら藤野さん古手川さんがいるでしょ、協力すればいいじゃない」

「そういうのは面倒なんで」

「面倒ってあんたね。声かけりゃいいじゃないか。これをきっかけに仲良くなれるかもしれないよ」

「仲良くなるつもりはないので結構です」

それよりも私はポスターのデザインで頭がいっぱいだった。家では集中できないから教室で作業するつもりだ。


教室に戻ると誰もいなくなっていた。これ幸いと、画用紙を机に広げる。

まずは一枚。テーマは決まっている。『防犯対策』だ。

そんなポスターが貼ってあれば泥棒《どろぼう》だって藤野さんの家に入らないかもしれない。紙切れ一枚でどうにかなると思えないけれど、何もしないよりはマシだ。

「夜を表現したいから黒く塗りたいけど、それじゃ目立たない。あと文字も目立たせたい。通りがかる人の気を引くもの……」

過去のポスターに防犯をテーマにしたものはなかった。例のないものだから余計に難しい。

鉛筆を走らせる。文字や絵の部分をさっくりと下書きし、どこにどの色を塗るか薄くメモを書いていった。

「何しているんですか？」

後ろから、聞き覚えのある低い声がした。振り返ると、そこにいたのは鷺山だった。

「ポスター作り」

「見ればわかります。職員室にいたのも見ていましたので」

彼はこちらにやってきて、ずいとポスターを覗きこむ。

鉛筆で薄く書いただけなので目をこらさないと見えないのだろう。身を屈めて、ポスターに顔を近づけた。その角度ならば、普段は長い前髪で隠されている眉も見えるし、意外と睫《まつげ》も長い。黒縁眼鏡《くろぶちねがめ》や前髪、猫背といった要素で気づかなかったけれど、顔つきは綺麗だ。もったいないと思う。

「防犯ですか」

鷺山がそう言ったので、私は彼を凝視《ぎょうし》するのをやめた。じっと見つめていたなんて知られるのは恥ずかしい。咳払いをして何事もなかったかのように答える。

「泥棒《どろぼう》が入らなければ、事件が起きることはないでしょ？　ポスターが効くかはわからないけど」

「香澄さんは事件が起きてほしくないんですか？」

何かを探るような、冷えた瞳が今度は私へ。鷺山の観察眼が優れていることはここまでで十分わかった。だから、そのまなざしが自分に向けられていると、何かを探られているような気がした。

「私は、鷺山に死んでほしくない。事件を起こしたくない」

じいと見つめたあと、鷺山はゆるゆると身を起こして、ため息を吐いた。

「……意外です。こういうのは未提出で逃げる、やる気ないタイプの人だと思っていたので」

「そうだね。いつもならこういうことしない」

珍しい行動だと自覚している。普段なら絶対にしない。ポスターなんて白紙で提出だ。普段と異なるからかどうも落ち着かない。

鷺山は、未来が変わることは嫌だと言っていた。だからこのポスター作りに対しても好意的ではないだろう。もしもこれで未来が変わってしまったのなら。鷺山は怒るだろうか。

次に鷺山が口を開くまでの間は長く感じた。気まずさは喉に溜まって、唾一つ飲みこむのも勇気がいる。無音の教室で再び鷺山はポスターを凝視《ぎょうし》していた。

「……背景色が黒なら、文字を黄色くした方が目立つと思います」

とんとん、と骨ばった指が標語《ひょうご》の文字を叩く。まさかアドバイスが返ってくるとは。

驚いている私に気づいた鷺山がこちらへ視線を向けて、首を傾げた。

「どうしました？　そんな顔して」

「てっきり『未来が変わるのは嫌だからポスターを作るな』って言われるのだと」

「その気持ちは確かにあります。でも僕は香澄さんが好きですから。好きな人を応援するのは当然のことです」

本人は淡々と告げているけれど、心臓にはよくない。この変人が言うことを真に受けちゃいけないとわかっているけれど。

「その……好きだの何だの、言ってて恥ずかしくならない？」

「なりません。どうしてですか？」

異性相手に好きなんて、恋愛を思わせる単語を使うのはよくない。それを伝えても鷺山は理解してくれなそうだ。こちらは何度言われても慣れずに、奇妙な恥ずかしさを抱いているというのに。

「話は戻りますが。ポスター作り、僕も手伝います」

「一人で大丈夫」

「いえ。二人で作った方が早く終わりますから」

そこまで言うのなら、折れて頷くしかない。渋々といった振る舞いをしながらも、内心では鷺山がいると心強いと考えていた。変な言動はあれど、彼の観察眼は素晴らしい。私では見逃してしまいそうなものも、彼がいれば気づける気がする。

「シンプルすぎますね。この部分に、目立つイラストを書いた方がいいかもしれません」

こうして鷺山も作業に加わる――けれど不慣れなポスター作りは一日で終わらなかった。

●九月十二日

私の膝に乗っているのはもふもふの塊、その名はゲンゴロウ。

そしてここは鷺山の家。家主はというと、今はシンクで絵筆を洗っていた。

どうしてこうなった。

そうだ、ポスター。あれのせいで、私は鷺山の家にいる。

例大祭の掲示ポスターに採用されるのは三枚だけだ。鷺山と話し合った結果、選ばれるためには手数を増やした方がいいとのことで、制作枚数を増やすことになった。下手な鉄砲も数打ちゃ当たる作戦である。

提出日は週明け月曜日。九月十四日。

大急ぎで完成させたいけれど、私たちは美術センスや技術を持ち合わせていない。制作は難航《なんこう》し、放課後だけでは一枚分の下書きが精一杯だった。

だから土曜日である今日、鷺山の家に来ている。

こういう時、一人暮らしというのはありがたい。ここに彼の家族も住んでいたのなら、気を抜く間はなかっただろう。シンクで水を流す音が聞こえてくるので鷺山はまだ戻らない。緊張の糸をゆるゆると解いて、壁にもたれかかって姿勢を崩した。

いったん休憩と区切りをつけたので、鷺山はゲンゴロウをケージから出していた。外は広くて心地よいのか、ゲンゴロウは走り回っている。鷺山曰く『運動不足を解消するために部屋の散歩』らしい。

こうして部屋を眺めていると、隅々までゲンゴロウのために尽くされている。電源コードの類は噛まないようガードされ、肉球のないふわふわの足が滑らぬよう床にマットも敷かれていた。

「……鷺山ってうさぎ想いだね」

呟くと同時にシンクの流水音が止まった。絵筆を洗い終えた鷺山が戻ってくる。独り言は彼にも聞こえていたらしく、私を見るなり彼は言った。

「はい。うさぎは可愛いですから」

「そういうの好きなタイプに見えないけどね。どちらかというと、人や生物と関わるのを嫌いそう」

　鷺山を知ってから今日まで、彼が友人と喋っているところを見たことがない。守り隊で集まっている時も誰かと雑談などしない。鷺山のクラスには、うんざりするほど社交的な篠原がいるけれど、その篠原でさえ声をかけることができないのだ。

　だから、鷺山は人嫌いもしくは他人と関わるのが苦手なタイプだと思っていた。しかし彼はきょとんとしている。

「そうでしょうか。僕は社交的だと思いますよ」

「え。なにその判断基準。どう考えても社交的じゃないよ。クラスによく喋る人いる？　まさか挨拶をすれば友達になったと思ってる？」

「声をかけられたら返事をしていますし、冗談だって言いますよ。僕から声をかけることもありますが……どういうわけか皆さん離れていきますね」

「それ、避けられてるんじゃなくて？」

　私が指摘するも、鷺山は納得できていないかのように渋い顔をしていた。

　鷺山が社交的であるかはともかく、離れていくクラスメイトの気持ちは理解できる。鷺山は同い年にしては少し大人びていて、妙な落ち着きがある。あまり喋らないくせに初対面の私には突然告白をしてくる。そんな変わり者の鷺山が、クラスで浮いているのは容易に想像できた。

「僕より、香澄さんの方が深刻では？」

その変わり者が言った。私はむっとして鷺山を睨む。

「香澄さんこそ友達がいません。声をかけられても冷たくあしらって、まるで自分から一人になろうとしている。高校に入学してから今日まで、香澄さんが友達と楽しそうに喋っているところを見たことがありません」

彼の言う通りだし、否定する気もない。私の辞書に社交性という文字は存在しない。けれど鷺山と違うのは、自分に社交性がないと自覚していること。私はわかっていて他人を遠ざけようとする。その自覚がない鷺山とは似ているけれど本質が違う。

けれど、それよりも引っかかるものがあった。先ほどの鷺山の発言だ。

「どうして、私のことを詳しく知ってるの？　ストーカーみたい」

入学してから今日までなんて、時期を限定してくるのも気になった。まるで今日までずっと見られていたみたいだ。一度も同じクラスになったことがないのに、どうして私のことを。

こっそり盗み見られていたという恥ずかしさを隠すように、語気を強めてストーカーと言った。さて鷺山はどんな反応をするかと待っていれば、彼は何やら考えこんでいる。

「なるほど……毎日香澄さんのことを追いかけてきたので、僕はストーカーかもしれません」

ようやく口を開いたと思えば、ストーカーを自認しはじめた。

「えっ。認めるのやめてよ」

「好きな人を目で追ってしまうタイプなので、学校では毎日香澄さんのことを見ていたのですが……気づいていませんでした。僕はストーカーですね」

からかって言ったものを真に受けてしまうなんて。鷺山のマイペースっぷりに振り回されて調子が狂う。からかいも皮肉も通じない相手だ。

「それで、ストーカーの僕にもわからないことがあります。香澄さんはどうして一人でいたがるんですか？」

反省どころか開き直って情報要求ときた。ストーカーを悪いことだと思っていないらしい鷺山はしれっとした顔をしている。

一人でいたがる理由。普段ならその理由を喋ることはない。

でも鷺山と接する時間が増えるにつれ警戒心が薄れていた。いつの間にか膝に乗ってきたゲンゴロウの重みも懐かしく、彼になら教えてもいい、なんて思ってしまった。

「……私が兎ヶ丘小学校の幽霊に会ったことがあるって言ったら、鷺山は信じる？」

聞くなり、鷺山の瞳がわずかに見開かれた。

「それは、守り隊の打ち合わせ日に一年生が話していた噂話ですか？」

「そう。あのうさぎ小屋の幽霊話」

そっとゲンゴロウの額を撫でてみる。飼育委員の先生が『うさぎは警戒心が強い』と言っていたけれど、それはゲンゴロウには当てはまらない。すっかり私に慣れてしまって、気持ちよさそうに目を細めている。

「小学校三年生の時、飼育委員をやっていて、その時に出会った子がいるの。黒髪おさげで色白の女の子。飼育当番の時しか会ったことはないけど、私は彼女の友達……だったと思う」

「だった、とは？　どうして過去形になるんですか」

「小屋掃除が終わったら遊ぶ約束をしていたのに行けなかった。もしかしたら、それで怒っているのかもしれない。私が約束を破って、会いに行けなかったから。……約束を破った日から、会えてないの」

「……香澄さんは、そのお友達に会いたかった、ですか？」

「会いたいよ。そして、会いに行けなかったことを謝りたい。彼女は私を友達だと言ってくれたのに私は何も言えてないから」

小屋の鍵を落としてしまったこと、取り出すのに時間がかかってしまったこと。彼女に話したいことはたくさんある。

今度会ったら謝ろうと思っていたのに、あれ以来、彼女に会えたことは一度もない。小学生の私は、それを友達失格の烙印《らくいん》を押されたように感じていた。約束を守れなかったのだから友達ではない。

だから彼女は怒っていて会いにこないのだと、そんな結論を出していた。

それで終わるのなら、小学生たちの行き違いで終わったのかもしれない。風向きが変わったのは、小学校四年生にあがった時だ。

「でも、噂が流れ出した。『兎ヶ丘小学校のうさぎ小屋に幽霊がいる』って話」

「聞いたことがありますね。クラスの人も話していました。『夜になれば飼育小屋に女の子が出る』とか『どのクラスにもいない出席番号ゼロ番の女の子』とか」

飼育小屋の幽霊話は誰が言い始めたのかわからない。内容も、語り手によって様々だ。中には別世界に引きずり込むといった現実味のない話まである。聞いている者を怖がらせようとして話を盛ったのだろう。そんな飼育小屋の幽霊話だけれど、どんな展開になろうが一つだけ共通しているものがあった。

それは――

「黒髪おさげで色白の女の子……この特徴はどう考えても彼女のこと」

飼育小屋という場所、幽霊の特徴。思い当たるのはあの子だった。

ならば幽霊なんかじゃない。この噂は全て間違っている。

「なるほど。香澄さんは、語られている幽霊が彼女だと思っている」

「あの子は生きていた。幽霊なんかじゃない」

今度、彼女に会えた時はあの日のことを謝りたい。そう願って日々を過ごしていた私にとって、飼育小屋の幽霊話は気持ちを踏みにじるものだった。

幽霊の特徴は私が知る子そのもので、彼女は私のことを友達と言ってくれた優しい子。なのにどうして、幽霊だなんてひどいことを言うのだろう。

噂が広まって、怖いだの不気味だのと誰かが語るたび、心の中がぐちゃぐちゃに荒らされる。

「噂について知りたくて話を聞いてみれば、誰も幽霊を見たことがなかった。ただの憶測や想像で噂話が語られ、どんどん一人歩きしていく。誰が言い出したのかわからないのに、面白がって噂を広める」

「香澄さんはこの噂話を信じていないのですね」

「そう。きっかけは、誰かが彼女を飼育小屋で見かけただけのことかもしれない。ただ彼女が同じ学年や同じクラスじゃないから。そんな理由で生み出された噂話だと思っている」

誰も幽霊を確かめていない。噂話を始めた人は誰なのかも確かめようとしない。

面白いからといって妄想を追加して、うさぎ小屋の幽霊話はどんどん膨らんでいく。

語り手の都合に合わせて形を変えていっただけの、誰かが作ったもの。

この幽霊は誰かが作ったものだ。

「この幽霊は誰かが作ったもの」

突如聞こえた声に私は驚く。

考えていたことが漏れたのかと思うぐらい完全に一致しているけれど、声は私のものではない。真剣な顔でこちらを見つめている鷺山が言った。

これまでずっと、この幽霊は誰かの都合に合わせて作られた存在なのだと考えていた。けれど同じように考える人は誰もいなくて、だから鷺山がその発言に至ったことに私は呆然としていた。

心を見透かすようで、けれど嫌ではない。

同じ感覚を共有している。私と彼の考えていることが一致している。

わかりあえているのだと、初めて感じた。

「幽霊という単語はインパクトがありますからね。その噂がどんどん広まってしまうのが想像できます」

「私はその噂も、噂が広まることも嫌だった。だから、幽霊と言われている子が実在したって何度も話した。いろんな人に話してきた」

けれど、誰も聞いてくれなかった。中には『鬼塚がおかしくなった』『変なことを言ってる』と私を嗤《わら》う人までいた。それほど、幽霊という言葉は大きいのだ。

噂について話せば鬼塚が怒るから。そんな理由をつけて、私はクラスで遠ざけられるようになっていった。昨日まで仲良くしていた子も、うさぎ小屋の話になると距離を置く。本当にその女の子に会ったことがあると話しても、広まるのは幽霊の噂ばかり。私の話は、誰にも聞いてもらえない。

「香澄さんがクラスに友達を作らなかった理由はそれですか？」

「本当かもわからないくだらない噂話は信じるくせに、私が語るものは鼻で笑う。だから、他人に期待しないって決めたの。もう、誰とも関わりたくない」

そうやって話しておきながら、私は鷺山と一緒にいる。他人と関わっていると笑われそうだけれど、予知の件があるからの関係だ。スタンスは今も変わらない。友達なんていらない。高校を卒業したら兎ヶ丘を出て、誰も知らない場所でひっそりと一人で暮らす。

「香澄さんが一人でいたいのは、これ以上傷つきたくないからだったんですね」

「どうだろ。面倒なだけかもよ」

「でも納得しました。香澄さん観察に大きな進展です」

ゲンゴロウは膝の上で眠るのにも飽きたらしく、目をぱっちりと開けるなり小屋の中に戻っていった。鷺山特製のスロープがあるから出入りしやすそうだ。

「うさぎが苦手というのも、今の話が理由ですか？」

「うさぎに罪はないけど、こうやって見ていると飼育委員だった頃を思い出しちゃう。まだあの子に謝っていないんだなって、複雑な気持ちになる」

するとと鷺山は立ち上がった。仕上がったポスターの出来を確認しに行ったらしい。一枚目もそろそろ乾いてきた頃だ。

「二枚目を作る前に少し休憩しましょうか。飲み物、買いに行きましょう」

鷺山の提案に私は頷いた。

マンションを出て二人で歩く。私より歩幅が大きい鷺山は、相変わらず私の前を歩いている。こちらのペースに合わせることはしないので、たまに駆け足になって追いかける必要があった。

目的地のコンビニが見えてきたものの、鷺山は歩みを止めようとしない。コンビニを通り過ぎてずんずんと先を行く。

「どこに行くの？」

「兎ヶ丘小学校です。その飼育小屋を見てみたいと思いまして」

その名を聞いて、私は顔をしかめた。過去の話を今も引きずっている身として、飼育小屋にいい思い出はない。できればそっとしておいてほしい。鷺山に話したばかりでどうして現地に行かなきゃいけないのか。

「飼育小屋は閉鎖されているから、行っても何もないよ」

「閉鎖？　それは噂が原因ですか？」

飼育小屋の幽霊話も多少の影響を与えているかもしれないが、それは直接的な理由ではない。

昨今は小学校での飼育小屋が閉鎖になっているとよく聞く。飼育環境であるとか様々な理由があるのだろう。けれど兎ヶ丘小学校については、それが理由ではない。

「……その話をしていいのか、少し悩む」

鷺山はうさぎを飼っている。だからこの話を聞かせてよいものか躊躇《ためら》っていた。しかし鷺山はすぐに告げる。

「僕は聞きたいです」

ここから先は気分のいい話ではない。だから私も覚悟を決める。

それは、私が小学校四年生になって半年が過ぎた頃に起きた出来事だ。

「飼育小屋の幽霊話が出てしばらく経った頃、一匹のうさぎが脱走したの」

「鍵をかけ忘れたんですか？」

「違う。穴を掘ったの。深く深く、先生や子供たちが想像していたよりも深い場所に」

飼育小屋で飼われていたうさぎのユメは穴掘りが好きだった。穴を掘ることに勤しんでいた日々が、ついに出口に辿り着いてしまった。

長いトンネルとなったその穴は、真下に向けて掘られたり曲がったりとジグザグだったから全体像はわからない。わかるのは、入り口が飼育小屋内にあって、出口が飼育小屋の外だったことだけ。

「その穴を通って、うさぎは小屋の外に飛び出した。それまではよかったんだけど」

うさぎは被食動物《ひしょくどうぶつ》で、外敵に襲われても身を守る術がない。そんなうさぎが安全な小屋を出てしまえば――結末は鷺山も想像できたらしい。

トーンの落ちた声で「ああ」と小さく呟いた。

「野犬やカラスに襲われて亡くなった。そんなところでしょうか」

「正解。子供たちはそれを『幽霊の祟《たた》り』だって騒いでいたよ」

これをきっかけに、飼育小屋の幽霊話は加速していく。飼育小屋に近づく子供は減り、飼育委員をやめたいと泣く子まで現れるほどだ。

それが大きな原因となり、兎ヶ丘小学校は飼育小屋の閉鎖を決めた。烏骨鶏《うこっけい》は先生の知り合いの養鶏所《ようけいじょ》に引き取られ、残る二匹のうさぎは先生の元にいるらしい。

「幽霊の祟《たた》り、ですか」

「馬鹿らしいと思っていたよ。そんなのあるわけがない。幽霊なんていないし、祟《たた》りなんてない。それに、あの子が一番好きなうさぎがユメだったんだから」

黒髪おさげのあの子は、飼育小屋に来るたびにユメを探していた。一番好きなうさぎがユメだと話し、ユメを抱っこしては微笑んでいた。

私の大切な思い出が、どんどん傷つけられていく。あの子は幽霊だなんて呼ばれ、ユメの死も祟《たた》りだなんて言われて。

「……本当に、最悪」

この話を広めて、怖がって、信じて。そんな人たちを見るたびに苛立ちが湧く。人はこんなにも薄っぺらくて信用ならないのだと再認識する。

ふと気づけば、鷺山は立ち止まっていた。俯いて何やら考えている。

「ちょっと。置いてくよ?」

「ユメ……そうか……だから……は、」

「おーい。鷺山?　聞いてる?」

声をかけてようやく鷺山が顔をあげた。

「すみません。考えごとをしていました」

ようやく歩き出したと思えば歩幅の差であっという間に私を追い越していく。

これなら声をかけないで置いていけばよかった。ため息をついて、私は鷺山を追いかける。

土曜日だけど小学校は開いていた。グラウンドで子供たちが集まって遊んでいるのはいつもと変わらず。だけど校門前に数台の自転車が並んでいた。

「高校生だよね、あれ」

飼育小屋方面から歩いてくる数人の男子生徒。そのうちの一人は兎ヶ丘高校のジャージを着ていたから、部活帰りに寄ったのかもしれない。

私たちも飼育小屋を目指す。その途中、男子生徒たちとすれ違って会話が聞こえた。

「やベーな。ぞわっとしたわ」

「でさー、いつやる？」

彼らは噂話を聞いて飼育小屋を見に来たらしい。

「肝試しするならここだけど。どうやって入るかなあ」

「この時期の夜は校門が閉まるんだろ？　どうすんだよ」

「登ればよくね？」

「サルかよ。ウケる」

彼らは幽霊の噂を信じている。こういった場面は何度も遭遇したので、今さら胸を痛めることはなかった。他人に期待はしないって決めてから、もう慣れている。

飼育小屋に着くと、庭や小屋の金網《かなあみ》には『立ち入り禁止』と書いた板が取り付けられていた。扉も開かないようになっている。小屋は空っぽであちこちに雑草が生え、最後にユメが掘ったトンネルは板があてがわれていた。

思い出の場所だったのに。飼育小屋が使われなくなっても寂しかったけれど、荒廃《こうはい》していく姿を見ると胸が痛む。それもこれも噂話のせいだ。

「幽霊なんて、いないよ」

私が呟くと、隣に立つ鷺山は頷いた。

「僕もそう思います」

その言葉に、私の視線は飼育小屋から鷺山へと移る。

本当に、私の話を信じてくれるのだろうか。信じてくれるのかもしれないと期待を持てたのは、鷺山のこれまでの発言があったからだ。幽霊は誰かが作ったものだと、私が考えていたことが彼の口から出てきた。それが私の猜疑心《さいぎしん》を薄れさせていく。

「僕は香澄さんを信じます」

本音を言えば、嬉しい。

けれど、信じると言ってくれても上辺だけで、私がいないところでは面白がって幽霊の話をする人は過去に何人もいた。それに何度裏切られてきたことか。

もしかすると、私のことが好きだと告白をしたから、気を遣って合わせようとしているのかもしれない。

だから真に受けちゃいけない。私は苦笑いをして否定する。

「無理して私に合わせなくてもいいよ。私のことが好きだから同じ意見ってのも――」

「違います」

私の話を遮るようにして、鷺山がきっぱりと遮る。

「香澄さんに対する気持ちは関係ありません。僕の意見です」

彼の瞳は私ではなく、飼育小屋をまっすぐに見つめていた。

「幽霊はいません。でも幽霊を作ることはできる」

そう。誰かが自分自身の都合に合わせて幽霊を作った。

その言葉が彼の口から出てくること。無理に合わせるのではなく、自然と同じ方向を向いて、同じことを考えている。思考が共鳴している。

今までずっと、裏切られてきた。だから他人を信じることが怖かった。けれど、彼は違うのかもしれない。

私のことを信じてくれた。そんな人は、初めてだ。

鷺山は上辺だけ意見を合わせるなんてことをしない。まっすぐ正面から、ぶつかってきている。

だから私も、向き合いたいと思った。私のことを信じてくれる彼と、もっと話をしてみたい。

「そうだね。幽霊はいないけど、簡単に作ることはできる。だからこうやって根拠のない噂話が広まっていく」

私が言うと鷺山はかすかに笑った。その口元が寂しそうに見えたのは、空っぽの飼育小屋のせいだと思う。たぶん。

鷺山は飼育小屋の他にも校舎やグラウンドにも興味を持っていた。わざわざ足を止めて、グラウンドの端にある遊具たちを凝視《ぎょうし》するほど。特に変わりはないと思うけれど、鷺山が何に関心を持つのかいまいち掴みづらい。わかりあえているようで、私はまだまだ鷺山のことを理解していないのかもしれない。


そうして兎ヶ丘小学校を出て歩き出す。コンビニまで休憩のはずが随分歩いてしまった。坂道を上って横断歩道を渡る。線路が遠くに見えて電車の音が聞こえた。

鷺山はあまり喋らない。行きよりも帰りの方が歩みは遅く、気づけば私が先導していた。鷺山の家は覚えたから困ることはないけれども。

九月の中旬に入ったからか、蝉《せみ》の鳴き声が聞こえなくなった。住宅街だから緑が少なくて気に入らないのかもしれない。

夏というものは、八月で終わってくれなくて九月までずるずると続いて、いつ終わるのかと苛立っているうちに姿を消してしまう。その頃には例大祭もあって、夏のことなんて考える間はないのだろう。

私まで考えごとに耽っていて、前方への注意は疎かになっていた。現実世界に引き戻すように、ぐいと強く後ろに引っ張られる。

「え？　なに？」

私の腕を引いたのは鷺山だった。彼は私ではなく、その向こうにいる人物を見ながら冷静に呟く。

「前、ぶつかりますよ」

「え……あ、すみません」

向き直れば鷺山の言う通り、そこにはニット帽をかぶった男の人がいた。帽子を深くかぶっているため顔はよく見えないけれど、体はすごく細そうだ。この暑い中、薄いジャンパーを着て、両手をポケットに突っこんで歩いている。

彼は私の前方不注意に苛立っているらしく、私の謝罪に舌打ちで返してきた。それ以上は何もせず、すたすたと歩いて去ってしまった。

「ちゃんと前を見た方がいいですよ」

「ごめん……って、それ鷺山に言われたくないんだけど」

「僕はぼんやりしていますが、僕なりに前を見ています」

そして鷺山は私のトートバッグをじっと見た。コンビニに行くと聞いたからお財布を持っていかなきゃと思って、肩にかけていた。お気に入りのやつ、だけれど。

「……それ。ファスナーがついたものにした方がいいかもしれません」

視線を感じるなあと思っていた矢先、彼が口にしたのは意外な言葉だった。

「どういうこと？」

「鞄の中身が見えないものにした方がいいと思います。いくら兎ヶ丘といえど悪いことを考える人はいますから」

その忠告が意味することは——私は振り返る。どこかの角を曲がっていったのか、あの男の人はいなくなっていた。

たいしたお金は入っていないけれど、盗られていたらと思うと怖くなる。防犯ポスターを作っていたくせに自分は気をつけていなかったなんておかしな話だ。

「では行きましょう——はい」

鷺山は前に立って手を差し出してきた。けれど向けられた手のひらには何もない。何を渡すつもりで手を出したのかさっぱりだ。どうしたものかと困っていると、追い打ちがかかる。

「手、掴んでください」

「は？　どうして」

「香澄さんが前を見て歩かないからですよ。僕が誘導しますから」

「別に誘導してもらわなくても」

「また他の人にぶつかっては困りますから。手を繋いでいたら大丈夫です。きっと」

冷静に語っていると思いきや、語尾で急にふわふわとする。きっとって何だ。

手を繋ぐことに恥ずかしさはあった。けれど、鷺山が焦って喋るのが面白くて、少しぐらいいいかと思ってしまった。

鷺山の反応が気になって、手を重ねてみる。すぐに、ぎゅっと握り返してくれた。

鷺山の手は大きくて骨ばっている。手は指の先まで温かいから、私が冷えているのかと疑ってしまったけれど、違う、鷺山が熱すぎるだけだ。

誰かと手を繋ぐというのは子供の頃以来だ。まさか今日、鷺山と手を繋いで歩くなんて誰が想像しただろう。彼の反応を見たいなんて考えていたのが霧散《むさん》して、緊張して顔をあげられない。手のひらの感覚だけが敏感になっている。

「ねえ。歩くの速い」

私を引っ張るようにして先を行くので声をかける。けれど、鷺山の返答はなかった。

「聞いてる？　おーい」

すると彼の歩くペースが遅くなった。私に気を遣ってくれたのだろう。手を繋いで恥ずかしがっていると思われたくない。私は平然を装って鷺山に告げる。

「ちょうどいい速さになったよ。気遣ってくれてありがとう」

やっぱり鷺山は返事をしてくれない。ペースを落としても、その表情を私に見せたくないかのように前を歩く。

「ねえ、ずっと無言だけど」

「……暑いですね」

喋ったと思えば、何てことはない天気の話。

でも外より暑いのは、繋いでいる手だ。

「手を繋いでいるから暑いんじゃない？」

からかうように言うもすぐに返答は来ない。少しの間を置いて、鷺山がぽつりと呟いた。

「……冗談です」

変な冗談だ。

でもそれ以上鷺山は喋らない。こちらに振り返ることもしてくれない。

風がなびいて鷺山の髪が揺れて、ほんの少しだけ彼の耳と頬が見えた。

それは珍しく赤かった。

●九月十三日

仕上がったポスターは一枚。もう一枚は下書きが終わったところ。

鷺山は『日曜も来ていいですよ』と言っていたけれど二日連続は申し訳なくて、あとは一人でもできると断った。

椅子から立ち上がって体を伸ばす。ずっと作業していたので小腹が空いた。甘いものが飲みたい。とびっきり甘いミルクティーがいい。そうなればコンビニだ。

スマートフォンと財布を手に、鞄を取りにいく。トートバッグを手に取ろうとしたけれど、昨日の鷺山の言葉が頭によぎった。彼としては何気ない忠告のつもりだろうが、私の心にはしっかりと刺さってしまっている。

だから使う気になれず、隣に置いていたショルダーバッグを選んだ。

家を出てコンビニまで歩く。住宅街というやつは困りもので、我が家からコンビニまでは遠い。自転車に乗ることも考えたけれど、ポスター作りで座り続けていたので歩きたい気分だ。

町内会の集まりで使う兎ヶ丘会館の前を通って、兎ヶ丘小学校方面へ。

そうしてコンビニが見えてきた頃、前方を歩くおばあさんがいた。歩くのが遅い。

私が追い越すのが先か、それともコンビニに入るのが先か。

歩道は二人が並んで歩ける程度の幅があり、タイミングが合えばおばあさんを追い越すことはできそうだった。徐々に詰まっていく距離から、追い越すまでのタイミングを計る。

今なら——とやや右側に歩を進めたところで、前方から歩いてくる人が見えた。つまり追い越せない。諦めて歩を緩め、おばあさんのやや後ろにつく。すれ違ったあとで追い越そう。そう考え、先にいる二人の様子を凝視《ぎょうし》していた時である。

「きゃっ……あら、ごめんなさいね」

おばあさんと男の人。二人の体がどんとぶつかった。

どちらが前を見ていなかったのかはわからない。一人でも気づけたら避けられただろうに、男の人の肩にぶつかったおばあさんはよろめいて座り込んでいる。手にしていたトートバッグが地面に落ち、痛そうに腰を押さえている。

ぶつかった男の人はというと、座り込んだおばあさんを一瞥《いちべつ》するのみで何も言わず、ついにまた歩き出してしまった。お互いに前方不注意だと思うけれど、一言ぐらい声をかけるべきだろう。

私はむっとして男の人を睨み付ける。彼は謝るどころか頭は下げたまま。帽子を目深にかぶって俯いているため顔まではわからない。

違和感があった。最初は謝罪しないことへの苛立ちだったが、それだけではない。男の歩く速度がどんどん速くなっていく。何かから逃げるかのように、地面を見つめたまま足早に進んでいく。

男は地面しか見ていないから私がいることに気づいていない。まっすぐこちらに進んでいる。

そうなれば次にぶつかるのは私だ。慌てて避けようとしたけれど、反応が遅れた。案の定、私も彼とぶつかって視界が揺れる。

「……いってぇな」

ぼそり、と男が呟いた。

私は体がよろめく程度で済んだけれど、男は違った。想定外の衝突で、慌ててポケットから手を出す。

瞬間、ポケットから何かが落ちた。地味な黒いジャンパーを飛び出してアスファルトに落ちたのはショッキングピンクのポーチ、いや財布か。

歩道に派手色の塊が落ちているのを目で追っているうちに、男の走り去る音が聞こえた。舌打ちを残し、逃げるように駆けていく。

「……財布だよね」

男の落とし物、だけれども。自分のものならすぐに拾っていただろう。どうして逃げたのか。持ち主を確かめるべく、私は財布を拾う。中のカードを取り出して名前を確認しようとしたところで声がかかった。

「おねえちゃん、そのお財布」

声の主は先ほど男とぶつかってよろけたおばあさんだった。

「私のなのよ。知らないうちに落としちゃったみたいねえ」

「これ、先ほどぶつかった男の人が落としていましたよ」

「あら。どうしてかしら」

「わかりません……名前を証明できるものありませんか？　財布にあるカードと名前が一致しているか確認します」

私は警察ではないけれど、偉そうなことをして申し訳ないと心の中で謝りつつ告げた。男の人が落としたのを見てしまっている以上、証明できるものがないかぎりおばあさんには渡せない。これは交番に届けるべきだ。

おばあさんはトートバッグを開いた。中から手帳を取り出し、挟んである名刺を私に見せる。

「この名刺は主人のだけどねぇ。ほら、向井《むかい》って書いてあるでしょう？　あ。財布の中も見ていいわよ。病院のカードが入っているから、その名前を見てちょうだい」

おばあさんに言われてから財布の中を開く。指示通りにカードを出せば、兎ヶ丘病院のカードが出てきた。こちらにも向井と書いてある。

「一致していますね。疑ってすみません。お財布をお返しします」

「ありがとう。名前の確認をしてから渡すなんて、今時の子はしっかりしてるわねえ」

よく言えばしっかりしているだけれど、悪く言えば面倒ごとに巻き込まれたくないだけだ。融通《ゆうづう》が利かない性格とも言える。

そして私は先ほどの人について考えていた。このお財布がおばあさんのものであるのなら、なぜ彼のポケットから落ちたのか。

「ぶつかった人はスリだったのかもしれません。他になくなっているものがあるかもしれませんし、鞄の中を確認した方がいいと思います。それから警察にも」

おばあさんは鞄の中身を確認して頷いていた。その様子を見るになくなったものはないのだろう。確認し終えると、何を思ったか私の手をがっしりと掴んだ。

「ありがとう。本当にしっかりした子だわ」

「えっと……交番に行った方が……」

「いいのよ。お財布は戻ってきたのだから。それよりもお礼をさせてほしいの。私のお家、近くにあるから寄ってちょうだい」

話がとんでもない方向へ飛んでいく。コンビニに出かけたつもりが、まさか初めて会うおばあさんの家に行くなんて。

　近くに家があるという宣言通り、おばあさんの家は近くだった。けれど想像よりも広い敷地と庭。家はやや古めだけれど綺麗で曖昧《あいまい》なリビング。サイドボードにはいくつもの写真や賞状が並んでいる。あと演歌なのか昔の歌が流れていた。

「感動しちゃったのよ。名前を確認するのもその後のアドバイスもね。助かったわあ」

　どれほど時間が経ったかわからないけれど、この話はこれで三回目だ。

「私の娘ならこんなことできないわ。孫も遊んでばかりで困っちゃうの」

　紅茶とシフォンケーキは美味しいけれど、延々とループする話題は疲れてくる。話題を変えるものはないかと考えていた時、どこかで聞いたことのある歌が流れた。

「あ……これ、お祭りで聞いたことがあります」

　近くの公園でやる町内会のお祭りでカラオケ大会があり、知らないおばあさんが歌っていた曲だ。サビの部分が特徴的だから覚えていた。

　私が言うと、おばあさんはぱあっと顔を明るくさせる。

「よく知ってるわね。これ私の姉が好きな演歌なのよ。年が離れた姉で、もう亡くなっちゃったけど。お祭りの時期がくるとね、つい聞きたくなっちゃうの」

おばあさんが言うのはよくわかる。お祭り中の賑やかさを連想させると思いきや、一転して祭りのあとの静けさ。祭りに夢中で泥棒《どろぼう》が入っているなんてまさに——そこで予知のことを思い出した。

ポスターを作るはずがとんだ寄り道だ。切り上げて早く帰らないと。

「すみません。用事があるのでそろそろ帰ります」

「あら。何もお礼できてないのに」

「いえ。美味しい紅茶とケーキをいただきました。ごちそうさまでした」

おばあさんに礼をして立ち上がる。

腰が痛いだろうに庭先まで見送りに出てくれて、その去り際におばあさんが言った。

「おねえちゃんのお名前、もう一度聞いてもいいかしら。今度はメモに書いておくから」

「鬼塚です。鬼塚香澄」

「しっかりした名前ねえ。近くに寄ったらいつでも顔出してちょうだい」

名前にも『しっかりした』なんて形容詞を使うなんて初めてだ。どう反応していいのか難しく、私は曖昧《あいまい》に笑うしかできなかった。

●九月十四日

昨日は家に帰ると疲れて眠ってしまい、作業はまったく進まなかった。結局二枚目は仕上げられないまま。手伝ってもらった鷺山に申し訳ない気分だ。

放課後。守り隊が集まるいつもの教室に向かうと、鷺山や藤野さん、古手川さんに篠原といった面々が待っていた。

「あ。ポスター作ったんだ？」

私がポスターを手にしていたことから気づいたらしく、藤野さんが言った。

「鬼塚さん一人で作ったの？」

「……えっと」

名前を出していいものかと悩み鷺山の方を見る。彼は素知らぬ顔をして本を読んでいて、会話に加わる気はなさそうだ。蚊帳《かや》の外です、といったその表情が鼻について、彼を巻き込んでやろうといたずらな思いが浮かんでしまった。

「鷺山が手伝ってくれた」

これで鷺山も黙ってはいられまい。藤野さんや古手川さんから話しかけられてしまえ。

私の狙い通り、藤野さんと古手川さんの視線が鷺山に注がれる。さらに篠原も、話が聞こえたのか驚いたように振り返って後ろの席に座る彼を凝視《ぎょうし》している。

「鷺山と鬼塚って仲いいのかよ。意外な組み合わせじゃん」

「それなりにね」

返事をしたのは私だけで鷺山は何も言わない。本から目を離すこともしなかった。これでよく社交的だと言ったものだ。少しは話に交ざるかと思っていたのに。

鷺山が反応をしないことから興味が薄れたのか、藤野さんがこちらに向き直る。

「鬼塚さんは、ポスターのテーマ何にしたの？」

「防犯」

私が答えると、三人の視線が一気に私に向いた。鷺山と組んで作ったことよりも驚いている。

「お祭りなのに？」

「防犯って……あんまり聞いたことないテーマだね」

藤野さんは首を傾げているし、古手川さんは気を遣って答えているようだった。二人にとって防犯ポスターはピンと来なかったらしい。

「定番はやっぱアレだろ。ゴミ問題」

「毎年その問題で頭を抱えてるからねー。うちの家の前、ゴミすっごいし」

「おじいちゃんが町内会にいた時も、ゴミ拾いが大変だって言ってたな」

どうも三人は防犯よりゴミ問題の方を気にしているらしい。冷えた反応から『防犯ポスターなんていらない』と言われているようで気分は複雑だ。

「でも。お祭りだから、気が緩んでる時に泥棒《どろぼう》が入るって、あり得ると思うけど」

むっとしながら私が反論する。

再び三人がこちらを見たけれど、一斉に笑った。

「ないない」

「大丈夫だろ。人たくさんいるんだし、わざわざ祭りの日に入る泥棒《どろぼう》なんていねーよ」

私と鷺山はこれから起きる事件を知っている。あっさりと「ない」と否定している藤野さんの笑顔に腹が立った。そうやって気を緩めているから、あなたの家に泥棒《どろぼう》が入る。これから怪我《けが》だってするのに。

私は唇を噛んだ。このポスターはおかしなものではないのに、軽く扱われていることが許せなかった。未来を知っているからだけじゃなくて、私も鷺山も一生懸命作ったものだから。

これから起こる出来事を話せば、三人はこのポスターの重要性を理解するかもしれない。けれど私が話すものを彼らは信じてくれるだろうか。いや、信じない。

もう、他人に期待したくない。だから話さない。

三人はゴミ問題について盛り上がり、私が口を挟む隙はなかった。ポスターの端を掴んだ指に自然と力がこもっている。

「あの。藤野先輩と篠原先輩、ちょっといいですか？」

そうしているうちに一年生が二人、こちらにやってきた。藤野さんも篠原も面識があるらしく親しげな様子で返事している。

「誰？」

「部活の後輩！　うちと篠原、剣道部でしょ？」

「なるほどね。この子たちも剣道部なんだ」

私が言うと、一年生たちは小さく頭を下げて挨拶した。そして藤野さんにスマートフォンを渡す。スマートフォンには画像が拡大表示され、そこに『肝試し』と大きな文字が書いてあるのがちらりと見えた。

画像を読み終えたらしい藤野さんが問う。

「肝試し？　兎ヶ丘小学校でやるの？」

「有志《ゆうし》でやるんです。私も誘われました。よかったら先輩たちも来ませんか？」

兎ヶ丘小学校で肝試し。嫌な予感がした。

「私にも見せて」

「おう。次は鬼塚な」

藤野さんからスマートフォンを受け取っていた篠原が答えた。少し待っていると、読み終えたらしい篠原からスマートフォンが渡ってくる。

表示されていた画像には肝試しへの参加者募集の文言があった。今月の二十日夜に兎ヶ丘小学校近くで肝試しをやるそうで、出発場所は小学校の裏。

スクロールすると、画像の下には幽霊話を知らない人のために噂話の詳細まで書いてあった。

「夜は小学校の校門が閉まってるよね。入れるの？」

渋い顔をしたまま藤野さんが問う。

それも当然だ。兎ヶ丘小学校は夜や休みの日は校門を閉めている。それもこれも、噂話が広まりすぎて不法侵入が増えたためだ。警察が駆けつける騒ぎが何度も起きたらしく、それ以来小学校は侵入対策を取らなければいけなくなった。

それを知っているため藤野さんは聞いたのだろう。

しかし一年生は軽い口調で答える。

「なんとかするって主催が言ってました。あ、ナイショですけど。先生に言わないでくださいね」

まるで不法侵入の宣言だ。もちろんだめに決まっている。

そこまでして肝試しをしたいとは。幽霊がいると本当に信じているのか。

馬鹿らしい。反吐《へど》が出る。

「幽霊はいないよ。だから、肝試しなんて無駄」

声をあげると、全員がこちらを見た。場もしんと静かになる。

この空気感は懐かしい。噂話を否定して回っていた頃にも何度か味わった。最近は人との関わりを避けていたから忘れていたけれど。

そんな中、一年生は強気にもこちらを睨み返してくる。

「皆、幽霊がいるって言ってますよ」

「それなら、あんたは兎ヶ丘小学校の幽霊を見たことがあるの？」

一瞬、一年生が怯む。けれど意地を張っているのか、声を荒らげて返してきた。

「私は見ていません。でも見た人がいるから、噂が広まっているんだと思います」

「噂の元は？　誰が幽霊を見たの？　幽霊を見た人の名前は言える？」

苛々する。私が言っても、一年生は自分の意見を曲げる気がないかのように私を睨み付けたまま。こちらの話を聞く様子はまったくない。それどころか空気の読めないやつだと敵意をぶつけてくる。だから私の語気も苛立ちが混ざって強いものになっていた。

険悪に傾きつつある空気を察したのか、周囲の騒がしさが消えていた。見回せば、他の生徒たちも息を潜めてこちらを注視《ちゅうし》している。

気づくと、一年生の反論が止まっていた。何も言い返せずうつむいている。その反応もまた、私の怒りを煽《あお》るものだった。

言い返せないくせに、困ったらそうやって泣きそうな顔をする。ここで泣けば、知らない人から見れば二年生にいじめられた一年生になるのだろう。噂話を否定しただけで、けれど多数意見ではないからと私が悪者になる。

私は間違っていない。彼女が語る噂について追及しただけだ。

「あ、あの……二人ともさ……」

板挟みとなっている藤野さんと篠原が、困ったように私と一年生を交互に眺めていた。だからって私の苛立ちは止まらない。

「幽霊を見ていない。誰が見たのか名前も言えない。それなら噂を広めないで」

これで話は終わりだ、と一年生から顔を背ける。

「先輩は兎ヶ丘小学校に幽霊はいないって証明できますか？」

今にも泣きそうな、震えた声が私の鼓膜《こまく》を揺らす。

振り返れば、その一年生は諦めずにこちらを見つめていた。

幽霊はいないと証明をする方法。すぐに答えられなかった。どの答えならば納得してもらえるかと急いで考え、私は短く告げる。

「会ったことがあるから」

「会った、って幽霊にですか？」

「噂されている子に会ったことがある。でも幽霊じゃない。生きていた」

馬鹿にされるだろうかと不安があったけれど、ここまで来れば引けない。

そう考えて言ったものの、一年生の子は鼻で笑って反論する。

「それ、本当に生きてたんですか？　先輩の間違いじゃないですか？　それ、幽霊だったのかもしれませんよ」

誰かの息を呑む音が聞こえた。それほど周りは静かで、私たちの苛立ちだけが浮いている。

「本当に生きてたっていうなら連れてきてくださいよ。その子の名前は？　年齢は？　会ったことあるなら答えられますよね？」

頭に血がのぼっていたはずなのに熱いと思わない。冷えている。じわじわと。

これに似た場面を、今までに何度も経験した。噂話を否定するたび『名前を言え』『写真を見せろ』『会わせて』と証拠を要求される。それができなければ、皆が信じる噂を否定する変な人として扱われるのだ。

やはり他人に期待してはいけない。

皆が私を信じないのなら、私だって誰も信じない。

生きていた。私は会っている。そう何度説明しても信じてくれない。

幽霊という噂話に、私は勝てない。

「ほ、ほら！　喧嘩《けんか》はやめよ？　大野《おおの》ちゃんも鬼塚さんもさー」

「だよな。幽霊の話はあとにしようぜ」

藤野さんと篠原が割って入る。古手川さんはあたふたとしているだけで何も言わなかった。この三人だって。こうして間に入っているけれど、心の中では噂話を信じている。こうやって否定する私のことを変なやつだと嗤《わら》っているはずだ。

考えれば考えるほどに腹が立つ。苛々する。

こんなところに、いたくない。

「幽霊なんていない！」

がたん、と椅子の音が響かせ、私は立ち上がる。

これ以上、話していたって無駄だ。私は鞄とポスターをひっつかんで、教室を出た。古手川さんが私の名前を呼んでいたけれど振り返る気はなかった。

廊下をしばらく歩くと、慌ただしい足音が追いかけてきた。

「香澄さん」

私をそう呼ぶのは一人だけ。振り返るとやはり鷺山だった。走ってきたらしく息を切らしているけれど、表情は涼しげだ。

「教室に戻らないんですか？」

「帰る。気分悪いから」

「わかりました」

てっきり言い争いの件で慰めてくれるのかと思ったけれど、違うようだ。鷺山は頷いたあと、こちらに手を差し出してくる。

「ではポスターは僕が提出しておきます」

なるほど。ポスターを渡せという意味らしい。握りしめたポスターが、急にずしりと重たくなった気がした。

「いいよ。無駄だと思うから」

事件が起きなければいいと願って作ったけれど、冷ややかな反応をするのだろう。藤野さんたちと同じように。私がこれから起きる出来事を明かしたとしても、誰が私を信じてくれるのか。

だからポスターなんていらないと思った。期待しない。したくない。

「僕は、提出した方がいいと思います」

「ポスターだって、お祭りに防犯なんてって笑われるだけ。気をつけなきゃって話しても、誰も私を信じてくれない」

「提出しなければわかりません。ポスターを出しましょう」

「やだ」

珍しく鷺山の表情に焦りが浮かんだ。ポスターを奪おうとこちらに手を伸ばす。

私は意地になって渡そうとしなかった。先ほどの言い争いで生じた怒りが、まだくすぶっている。

「提出しない。何も信じない」

「香澄さん！」

「ポスターなんてもういいの！」

鷺山と私。双方が紙を引っ張りあえば、結末は簡単だ。

二人の間で、びり、と情けない音が響く。

「あ……」

ポスターは破れて、黄色で塗った標語部分《ひょうごぶぶん》は途中で千切れている。

そういえばこの部分は鷺山が塗っていた。色の提案も、文字のバランスも鷺山から意見をもらった。破れた拍子に蘇る記憶たち。

それらを思い出し、呆然としている私の頭に鷺山の呟きが落ちた。

「破れましたね」

長い前髪が揺れている。悲痛に歪んだ顔は、彼にしては珍しい感情の発露《はつろ》。あれほど感情のわかりづらい鷺山が、悲しそうにしていた。

鷺山のそんな表情を知らなくて、その表情を引きだした理由が私にあることも切なくて。

何も言えず、手中に残るポスターの切れ端をぎゅっと握りしめる。

「僕、戻ります」

私は、鷺山を傷つけた。この苛立ちを、関係のない鷺山にぶつけてしまった。だからポスターは破れて、元に戻らない。

気分は最悪だった。噂話に対する苛立ちもあるのだが、それよりも鷺山を傷つけたことが頭から離れない。彼があんなにも悲しんでいるのを初めて見た。その原因が私の行動によるものというのが、後悔となって渦巻いている。

逃げるように学校を出て、けれど家に帰る気にはなれなかった。

寄り道として選んだのは小学校だった。放課後の校庭では小学生が遊んでいる。端にある飼育小屋は人気がなく、私は飼育小屋近くのベンチに腰掛けた。

今頃、守り隊の打ち合わせは始まって、ポスターも決まっただろう。頭が冷えていくにつれ、鷺山と一緒に作ったことを思い出す。表には出さないけれど彼は真剣に考えてくれていた。

提出しないと言い出した私は身勝手だ。鷺山の努力を、厚意を、踏みにじったのだから。

あの時の鷺山は、まるで私に裏切られたかのように傷ついた顔をしていた。

裏切られるのが嫌だから他人に期待しない。私はそう考えて行動しているくせに、鷺山を傷つけている。あれほど嫌っていた他人の行動を、私がしている。

ため息をついても肩が重たい。後悔や罪悪感がのしかかっているかのように。

閉鎖された飼育小屋は閑散《かんさん》としていて、昔はうさぎや烏骨鶏《うこっけい》が走り回っていた庭も雑草が伸び放題だ。私が飼育委員をしていた頃は、飼育小屋の前を小学生たちが通っていたけれど、今はない。

それでも目を閉じると鮮やかに思い出せる。小学三年生の私。庭を走り回るうさぎや小屋の中の烏骨鶏《うこっけい》、飛び散る羽。

授業でうさぎのスケッチをすることがあった。古手川さんや藤野さん、篠原と同じ班だった私はここらへんに陣取《じんど》ってうさぎの絵を描いた。真剣に描かずに藤野さんをからかって遊ぶ篠原や、それを見て笑う私と古手川さん。

あの頃は、皆と笑い合えていた。人と話すことを嫌がっていなかった。

変わってしまったのだ。私も、あの飼育小屋と同じように。

眺めるたび切ない気持ちが浮かんでくる。もう少し経ったら帰ろうなんて考えていた時だ。

「鬼塚さん！」

声がした方を見れば、そこにいたのは藤野さんと古手川さんだった。藤野さんは家が旧道にあるから、帰り道でここを通るのは想像つくけれど。まさか古手川さんも一緒なんて。

　驚く私のところに二人は駆け寄ってくる。打ち合わせのサボりを怒られるかと思っていたけれどそんな様子はなく、藤野さんは勢いよく頭を下げた。

「後輩がひどいこと言って、ごめんね」

　その動きに合わせて彼女のポニーテールが揺れる。

　それに私は首を横に振った。

「藤野さんが謝ることじゃないよ。言い争いのことなら気にしていないから」

　私がそう言うと、藤野さんはゆるゆると頭をあげた。その申し訳なさそうな表情を見ていると心から謝っているのかもしれないと思えた。

「そのために、ここまで来てくれたの？」

「鬼塚さんに謝りたくて探していたのは本当だけど、実は諦めていたんだ」

　古手川さんが言う。そして兎ヶ丘小学校の校舎を見上げた。

「下駄箱を見て、帰ったと思っていたから。それでもなんだか落ち着かなくて、藤野さんと話して寄り道をしにきたの」

「そうそう。久しぶりにあの小学校を見たいなと思って」

　古手川さんは私の隣に腰掛け、藤野さんもベンチに鞄を置いた。

そして皆で校舎を見上げる。

「卒業したのは数年前なのに、もうこんなに懐かしい。四年二組ってあの教室だったよね」

校舎奥の教室を指さしたのは古手川さんだ。確かにそこに私たちの四年二組があった。

でも私は、小学四年生以降のことをよく思っていない。だから、教室があった場所を見上げたところで古手川さんのように微笑むなんてできなかった。

「忘れた」

「鬼塚さんはクールだよねー」

そっけない私の言葉に、藤野さんは苦笑していた。それに古手川さんが頷く。

「私、一番変わったのは鬼塚さんだなって思っていたの。図工の時間にここでスケッチをしていた時は楽しく話していたけれど、四年生になったら話さなくなった」

「あ、あったあった！　うちと篠原が喧嘩《けんか》したやつ！」

その出来事は、私も先ほど思い出していた。二人もこの場所をきっかけに思い出すのだろう。

「本当は、鬼塚さんに嫌われたんだと思っていた」

遠くを見つめながら古手川さんが言う。その横顔は悲しげだ。

「だから話しかけてもらえない。休み時間も一緒に遊んでくれないって、すごく悲しかった」

「わかる。その頃、うちも同じようなこと考えてた。だから鬼塚さんに声かけるのも怖くなって」

それは今日まで知らなかった二人の話だ。

小学校四年生。私が他人を遠ざけるようになってから、二人が考えていたこと。人づきあいを徹底的に減らして、誰とも遊ばなくなった。あの時は、自分から他人に嫌われようとしていた。嫌われた方が声をかけられなくなって、他人と接する機会が減る。そう思っていた。

「でもさ……守り隊に鬼塚さんが参加した時、驚いたの」

古手川さんの瞳は校舎ではなく、私に向いていた。

「あの時の鬼塚さん、昔と同じだった。クールなところもあるけれど、何かのために必死になっているように見えた」

あの時は、鷺山を追いかけようとしていたから。そんな言い訳が浮かんだけれど、嬉しそうに目を細めた古手川さんと藤野さんの表情に私は何も言えなくなる。

「私、鬼塚さんに対する考えが少し変わったの。それで……この小学校を見たくなった」

これに藤野さんも頷いている。

「わかるよー。もしかしたら、昔みたいに話せるかもって思ったよね。でも校舎って、こんなに小さかったっけ？　もっと大きくて、もっと綺麗だった気がするのに」

「やだ。校舎が小さくなるわけないのに」

ふふ、と古手川さんが笑っている。

けれど藤野さんが言ったことはわかる。通い始めた頃は迷ってしまうほど広い場所のように思えた。校舎の中を少しずつ覚えて迷わなくなったけれど、それでも大きな建物のように思えていた。

今は少し違う。中学校や高校といろんな場所を知って、小学校を見上げてもあの頃のように圧倒されない。記憶の中よりも古びて、少し汚れたように見える。

「きっと、うちらが大人になったんだろうね。成長しちゃったんだ」

「そうだね。成長して、変わっていく。きっと昔の鬼塚さんもそうだった」

「鬼塚さんは一歩早く大人びてクールになっただけなのに、うちらは勝手に怯えていたのかもね！」

藤野さんと古手川さんは顔を見合わせて笑っていた。

「私たちもそうだね。好きなものも部活も違うし。一時期、話さなかった時期があった」

「そうそう。高校生になってから、また話すようになったし！」

話している通り、藤野さんと古手川さんだっていつも仲が良いわけではない。教室ではそれぞれのグループにいる。古手川さんは美術部や文芸部の子とよく話し、藤野さんは運動部の子らと元気に騒いでいる。

けれど今は、三人が集まっている。昔のように、飼育小屋の前で。

懐かしさは、ある。他人と関わるのが嫌だと言いながらも、この空気を心地よいと思ってしまう。

どうしてだろう。警戒して逃げ出せばいいのに、まだ二人のそばにいる。もう少し、二人の話を聞いていたいと思った。小学生の頃と同じように。

「……あ、そうだ」

そこで藤野さんが思い出したように呟いた。

そして飼育小屋へと歩いていく。つま先立ちをして中を覗きこもうとしていた。彼女の行動が理解できず、私はその背に問う。

「何してるの？」

「いやあ、飼育小屋の中って今はどうなっているのかなと思ってさ。昔話をしてたら懐かしくなっちゃった」

中を見たところでうさぎも烏骨鶏《うこっけい》もいないのに。私は、隣に腰掛ける古手川さんと一緒に藤野さんの様子をのんびりと眺めていた。

飼育小屋のワードが出てきて思い出したのだろう。古手川さんは飼育小屋から視線を剥がすと、私の顔を覗きこみながらおずおずと口を開いた。

「今日、一年生の子が話していた幽霊話ね、私も幽霊はいないと思うの……ううん、幽霊なんていていてほしくない」

一瞬、息を呑んだ。古手川さんが幽霊話について語ると思っていなかったためだ。けれど今日の私の行動を見て、気を遣ってくれただけかもしれない。古手川さんが語るに至った理由を知りたくて、私は問いかける。

「どうして、そう思ったの？」

「飼育小屋とか兎ヶ丘小学校は関係ない、個人的な理由だけどね」

そう言って、古手川さんは苦く笑う。

「幽霊が嫌なの。そもそもどうやって幽霊が出来るのかわからないでしょう？　人が死んだら全員幽霊になるのかもしれないし、心残りや後悔がある人だけ幽霊になるのかもしれない。でも、どちらにしても……私は幽霊なんて嫌だ」

古手川さんは、スカートの上に載せた手を固く握りしめた。力が入っているのが隣の私にも伝わる。その反応を見るに、幽霊が怖いというより、何らかの事情があって嫌っているようだった。

「何があったのか、聞いてもいい？」

「去年ね、大好きだったおじいちゃんが致死性不整脈《ちしせいふせいみゃく》で亡くなったの。前に話していた町内会の役員だったおじいちゃん」

「……あ。それが、守り隊に入った理由って言ってた」

「おじいちゃんは、私が高校を卒業する日を楽しみにしていた。数ヶ月後にはお姉ちゃんの結婚式もあったの。それが、こんなことになるなんて信じられなかった」

どんな言葉をかければいいのかわからず、私は口を噤んだ。

去年と言っていたけれど、悲しみはまだ抜けていないのだろう。まぶたを伏せ、古手川さんが続ける。

「でもおじいちゃんは倒れて、私もおばあちゃんもパニックに陥った。救急車を呼ぶのも、到着するまでの処置も、私たちは混乱してうまくできなかった。病院に着いても、おじいちゃんはだめだった」

そこで古手川さんはため息をついた。後悔を吐き出すように。

「私たちがちゃんと動けていたら助かったかもしれないってずっと後悔しているの。おじいちゃんは心残りや後悔がたくさんあるかもしれない。だから……幽霊なんて認めたくないの」

顔をあげて、私の方を見る。古手川さんは微笑んでいた。きっと後悔や悲しみを押し殺して、他の人に心配かけまいとしているのだろう。

「おじいちゃんがどこかで彷徨《さまよ》っているかもしれない、助けられなかった私たちを恨んでいるかもしれない。そう考えたら前を向けなくなる。だから幽霊なんていてほしくないの」

「……古手川さん」

「長い話になってごめんね。だから、私の都合も混ざってしまうけれど、飼育小屋の幽霊もいないって信じている。鬼塚さんの言う通り、この噂は誰が言い始めたのかわからないから」

予想もしていなかった古手川さんの理由。それは、すとんと胸に落ちた。

幽霊が存在してほしくない。それは古手川さんが前を向くための願いだ。

幽霊を否定するまでは一緒だけれど理由は違う。その理由も、正直に明かしてくれた古手川さんの気持ちが嬉しかった。

信じる。その言葉が私の感情を揺さぶる。

そこで藤野さんが戻ってきた。

「今思えばさー、鬼塚さんって飼育委員やってたでしょ？　飼育委員って人気なくていつも余り物ジャンケンだったのに、率先《そっせん》して手をあげてたじゃん」

あの頃は、飼育小屋の彼女に会いたい一心で飼育委員を続けていた。私と古手川さんの話から、その時のことを思い出したのだろう。

「あの頃に飼育委員やってた鬼塚さんが、幽霊はいないって言うんだから幽霊の噂話は嘘なんだよ。今思えば、あの話ってバリエーション豊富すぎておかしいじゃん」

「そうね。出席番号ゼロ番なんておかしいもの」

「小学校に六年通ってもトイレの花子さんに会ったことないし、ベートーベンの目だって光らなかったじゃん。誰が言い出したのかわからない噂話なんて信じるだけ無駄だよ」

藤野さんは、藤野さんなりの理由を持っている。これまでに見てきた過去から、答えを見つけたのだろう。私をまっすぐに見つめて、力強く頷いた。

「うちも鬼塚さんを信じるよ。幽霊はいない。鬼塚さんが出会ったのは、生きている友達だった。ってかさー、滅多に意見を言わない鬼塚さんが、あんな大声だして『幽霊はいない』なんて否定したんだから本当にいないと思うんだよねぇ」

「確かに鬼塚さんがあんな風に言うのは珍しいね」

私は、二人の話を聞きながら呆然としていた。

鷺山だけではない。この二人も、私の話を聞いてくれた。信じると言ってくれた。

これは、本当の出来事なのだろうか。

躊躇《ためら》って何も言えずにいる私に、藤野さんは笑うように明るい声で続けた。

「あと珍しいと言えば、あいつ！　隣のクラスの……えーっと鷺沼だっけ？」

「沼じゃなくて山。鷺山くんだよ」

藤野さんの間違え方が面白くて吹き出しそうになってしまった。私は笑いかけたのをごまかすように咳き込んでから、平静を装って問う。

「……鷺山が何かしたの？」

意外なところから現れた鷺山の話題に、つい反応してしまう。顔をあげた私に気づいて、藤野さんがにたりと笑った。

「お。アヤシイ反応じゃん」

「知り合いだからね」

「えー。詳しく聞かせてもらいたいねぇ？　今日、鬼塚さんのこと言ってたけど」

鷺山が私のことを？　思いもしない発言に、私は眉根を寄せる。しかし藤野さんはニヤニヤと口元を緩めてばかり。みかねた古手川さんが話してくれた。

「今日の守り隊打ち合わせで、ポスターを提出することになっていたでしょう？　その時に鷺山くんが言ったの」

「あいつが？　何て？」

「今日ポスターが提出できないけれど、鬼塚さんといいポスターを作ってくるから提出期限を延ばしてほしいって、ハナ先生に頭を下げていたのよ」

「あれびっくりしたよねー。ハナ先生も延長を決めちゃうぐらい珍しいことでしょ。篠原なんて『鷺山ってロボットじゃないんだ』なんて驚いてたよ」

篠原の失礼な発言はともかく。彼がそんな行動を取っていたことに私も驚いていた。逃げるように制服のポケットへ手を入れれば、千切れたポスターがある。彼と一緒に作った、大事なポスターだったもの。

「私、鷺山に謝らなきゃ」

ぽつりと呟くと二人の視線がこちらに向いた。

「何かあった？」

「二人で作ったポスターを破ってしまったの。明日、鷺山に謝る」

「……二人がどんな関係なのかわからないけれど、仲直りできるといいね」

期限を延ばす理由は私のせいだ。あの時の悲しそうな鷺山の表情が浮かぶ。鷺山は諦めたくなかったのだ。

鷺山に謝る。そう決めれば、あれほど鬱々《うつうつ》していた気持ちが晴れていく。

最初に私の話を信じると言ってくれたのは鷺山なのだ。

だから、私も信じる。だからもう一度向き合う。

「しかし鬼塚さんと鷺山かー……意外な組み合わせ」

「そう？　私はお似合いだと思うけれど」

「言っちゃ悪いけど鷺山ってなんか暗いじゃん。飼育小屋の幽霊話よりも鷺山の方が幽霊っぽい」

　さすが藤野さんはストレートだ。なんか暗い、というふわふわした表現も彼女らしい。古手川さんは「ひどいこと言わないの」とたしなめていたけれど、藤野さんは話を続けた。

「うち、旧道の方に家があるから、ランニングでここを通るんだけど。ちょうどこの、飼育小屋のあたりで鷺山を見たんだよ。確か、昨日の夕方だったかな」

　私は眉をひそめた。

　兎ヶ丘小学校は、日曜日は夕方まで門を開放している。このグラウンドを近所のジュニアサッカークラブやリトルリーグで朝から夕方まで使うためだ。近所の小学生たちもそれを知っているから遊具で遊びにやってくる。

　しかしどうして鷺山が兎ヶ丘小学校にいたのか。これは考えても理由が浮かばなかった。古手川さんも同じ疑問を抱いたらしく、戸惑いの声をこぼす。

「鷺山くんって、他県から兎ヶ丘高校に入った人よね」

「らしいよ。別に偏差値が高いわけでも、特定の部活に入るわけでもないのに。なんだってわざわざ兎ヶ丘に来たんだろうねー」

「鬼塚さんは何か聞いてる？」

話を振られたけれど、私は答えを持ち合わせていない。

鷺山のことを知っているようであまり知らなかったのだ。それは置いてけぼりにされたような、疎外感のような気持ちを生む。

そういえば彼に告白されたけれど、どうして私のことを好きになったのか聞いていない。一人暮らしをしている理由も、他県から兎ヶ丘高校にやってきた理由もわからない。

私は表面だけしか鷺山のことを知らなかった。

その事実が、急に私と彼を遠ざけたような気がして、それを寂しいと感じてしまった。この感情に、あいつのことが好きだの友達だのといった格好いい名称はないけれど、ただ寂しい。

●九月十五日

終礼後の掃除が終わって放課後。生徒たちが次々と教室を出て行く中、私は自席に着いて鷺山を待っていた。

昼休みに隣のクラスへ行って、放課後ここへ来るように伝えたのだ。昨日のことがあったというのに鷺山の表情に気まずさはなく、いつも通り淡々としていた。どんな時も塩味の人だ。

一人、また一人と生徒が教室を出る。藤野さんや古手川さんもどこかへ行ってしまったので、言葉を交わす人はいない。だから黒板の方をぼんやりと眺めて鷺山が来るのを待った。

誰とも会話せずに待ち続けることは苦でなかったはずなのに、今日は時間の経過を遅く感じる。

教室に残るのが私だけになった頃、扉が開いた。

「遅くなってすみません」

他クラスに入ったことで落ち着かないのか、鷺山は教室を見渡していた。

守り隊打ち合わせの時と違ってどの椅子を借りるのか決まらないらしい。私は自席の前を指さした。

「ここに座って」

鷺山が席に着いて、呼び出した理由を確かめるようにこちらを向いたところで話を切り出す。

「せっかく二人でポスターを作ったのに、提出しないと勝手に決めたこと。意地張って引っ張ってだめにしちゃったこと。ごめんなさい」

「謝らないでください。破れてしまったのには僕にも責任があります」

「でも私は、鷺山の話を聞かずに一人で決めた。ポスターを作ったのは私だけじゃないのに勝手なことをした。だから、謝りたい」

ずっと頭を下げたままの私に、鷺山は困っていたのかもしれない。いつもはすっぱりと返事をするくせに、今回はなかなか時間をかけている。

返事がこない隙に、私は続けた。

「お詫びをさせて」

「……はい？」

「兎ヶ丘小学校の話を鷺山は信じてくれたのに、私はあんたを信じないで勝手な行動を取って傷つけた。だからお詫びをしたいの」

この『お詫び』というのが考えた末の距離の詰め方だ。これなら鷺山の求めるものがわかる。何を好んでいるのか、好きなジュースの銘柄《めいがら》でもいいから、彼のことが知りたかった。

顔をあげて様子を確かめれば、彼は目を丸くしてこちらを見ていた。それから視線を逸らして、なぜか手で口元を隠す。

無言が続いても、鷺山が答えるまで私は何も言わないと決めていた。その覚悟を持ってじいと彼を見つめる。するとおそるおそるといった小声で、鷺山が言った。

「お詫びは、何でもいい……ですか？」

「うん」

教室を泳いでいた視線が、私をまっすぐ捉える。それから、やはり塩味みたいに淡々とした声で紡いだ。

「二十二日に僕とデートしてください」

これだけ時間をかけて悩んでおきながら、出てきたのがデートとは。予想の斜め上すぎる。

私は呆気にとられていて、それはきっと表にも出ていただろう。

だって恋愛色似合わぬ鷺山から飛び出したと思えない単語なのだ。表情変化に乏《とぼ》しい彼が、明日の夕飯を語るような軽さと味気なさでその単語を語るから、どう受け止めてよいのか迷ってしまう。

だから私の反応は遅れた。真意を探ろうと考え、気づかぬうちに眉間に力まで入っている。

「冗談です」

言葉の反芻《はんすう》に必死だった私を止めたのは、鷺山の一言だった。

彼は顔を逸らそうとし、口元を隠していた手がするりと下がった。

その、ほんの一瞬。隠されていた頬が普段よりも赤く色づいているように見えてしなっている。感情を押し込めるように噛んだ唇。頬だけじゃなく耳までいつもより赤くなっている。

もしかすると、照れている？

顔を逸らしたのは赤い頬を見られぬよう逃げるためで、勇気を振り絞ってデートという単語を口にしたのかもしれない。

「わかった。一緒に出かけよう」

冗談でデートの提案をしたのなら「真に受けないでください」と言ってくれればいい。そうなれば私は、彼は冗談が上手だと認識しよう。

けれど、慌てたようにこちらに向き直る鷺山の口が紡いだのは違う言葉。

「……いいんですか？」

「うん。二十二日空けておく」

彼はじっと私を見つめて、ゆっくりと頷いた。

「はい。僕も空けておきます」

鷺山について一つわかったことがある。彼は冗談が苦手だ。今日まで『冗談です』と彼が語るのを何度も聞いたけれど、どれも本気で言っていたのかもしれない。

だって今は、わずかだけれど口元が嬉しそうに緩んでいる。

冗談が苦手という彼の裏側を知れたことが嬉しい。開いていた距離が少しだけ縮んだ気がした。

「そういえば、ポスターの提出期限って延びたの？」

「どうしてそれを知っているんですか？」

「藤野さんと古手川さんから聞いた。鷺山が、ハナ先生に頭を下げてくれたって」

すると鷺山は鞄から画用紙を取り出した。

「はい。作り直そうと思っていたので期限を延ばしてもらいました」

鷺山は新しい用紙をもらったらしく、前と同じようなデザインの下書きが描いてある。昨日かもしくは今日の昼休みにでも一人で描いていたのかも知れない。

「一人で作り直すつもりだったの？」

「採用されなかったとしても、香澄さんと一緒に考えたデザインを残しておきたかったので」

「せっかく出すのに採用されなくていいの？」

そこで鷺山は黒板の端に視線を送った。放課後だから日付は消えているけれど、今日は九月十五日だった。小さなため息が聞こえて、ぽつりと呟く。

「二十二日が来て僕が死ぬ前に、何かを残したかったんです」

私は鷺山に死んでほしくない。防犯ポスターが採用されて掲示されたら未来が変わると願っていた。

でも鷺山にとって採用不採用は関係ない。完成して形に残ることが、彼の願い。

「私も作る。一緒に作り直そう」

ポスターを作り上げれば彼の願いは叶うし、これが採用されて未来が変われば私の願いも叶う。ただの紙切れを掲示したところで泥棒《どろぼう》が心を入れ替える保証はないけれど、私にできることは全部やりたい。

改めて下書きを眺めれば改善点が浮かぶ。最初に色を塗った時、もう少しインパクトのある絵にしなければ目立たないと反省した。以前のものは人目を引く絵とは言い難い。せっかく期日も延びて作り直せるのだから、前回の反省点を直さないと。

「もう少し文字を大きくした方がいいよね」

「そうですね。色はいいと思いますが、大きさは直しましょう」

「あとイラスト……これも人目を引くものに変えたいけど」

とはいえ私も鷺山も絵は苦手だ。通行人が驚き立ち止まるような綺麗な絵は難しい。参考になるものがあれば違うかもしれないが、良い見本も浮かばない。

そこでふと顔を上げて、気づいた。

ポスターを眺めるため俯いていたことで、長い前髪で隠れがちな瞳が見えている。

「鷺山。ちょっといい？」

「何でしょう」

「眼鏡外して」

理解できないといった表情で鷺山が眼鏡を外す。分厚い眼鏡だ。すかさず手を伸ばして、長い前髪を持ち上げてみる。まじまじと見れば綺麗な目だ。これを隠しているなんてもったいない。綺麗な黒の瞳に、私の姿が映り込んでいる。

そう、目だ。

前に何かで読んだことがある。悪いことを考えている人は人目を気にする。だからこそ目玉を使ったポスターは、監視されているようで効果があるらしい。目しか描いていないポスターなんて不気味だが、だからこそ効果がある。

「あ、あの？」

「……これだよ。目だよ」

良いアイデアが浮かんで興奮気味の私と異なり、鷺山は困惑しているようだった。掴んでいた前髪は解放して、思い浮かんだものを説明する。

ポスターはシンプルに、人の目を描く。ごちゃごちゃとした絵は入れない方がシンプルで目立つだろう。そして夜でも見えるよう、文字の色や目の色を工夫する。目指すのは、藤野さんの家の窓からも見えるような不気味なものだ。

これなら私たちでも描けるかもしれない。私か鷺山の目を写真に撮って、それを参考にすればいいのだ。

「では香澄さんの目を見本にしましょう」

私の提案を聞いた鷺山は概ね納得しているようだったが、目のモデルが自分であることに違和感を抱いているようだった。すかさず私は首を横に振る。

「やだ。鷺山でいいじゃん。綺麗な目なのに隠してるなんてもったいないでしょ。もう少し前髪切った方が似合うと思うよ」

「香澄さんの方が綺麗です」

「いや、鷺山でしょ」

鷺山も頑なな態度を崩さないものだから、私たちの言い合いが止まらない。たかが見本を決めるだけなのに騒いでいると、教室の扉が開いた。

「あ。やっぱり鬼塚さんだ」

やってきたのは藤野さんと古手川さん。さらに篠原もいる。

「部活は？」

「うちと篠原は剣道部で古手川さんが美術部だけど、今日はお休み！」

「どうして」

藤野さんは笑って隣の席に腰掛ける。古手川さんと篠原もやってきて、作りかけのポスターを覗きこんだ。

「篠原が『鷺山が昼休みにポスター作ってた』って言ってたから、様子を見に来ちゃった」

「てっきり鷺山だけ残ってると思ったのに鬼塚がいるなんてな。お前ら、付き合ってんのかよ」

篠原がからかうように言う。私は即座に否定した。

「違う違う。一緒にポスター作ってるだけ」

「でも『香澄さん』って呼んでなかった？」

どこで聞いていたのか藤野さんはにやついている。

すると、誰よりも早く篠原が振り返って驚きの声をあげた。

「は⁉　お前ら、名前で呼び合ってんの⁉　まじかよー。俺が彼女作るより先に鷺山かよー」

鷺山が『香澄さん』なんて呼ぶから誤解がひどくなっていく。

どうしたものかと助けを求めるように鷺山を見れば、彼は素知らぬ顔をしていた。面倒なことになりそうだから余計なことは言わないというスタンスだろう。私もそれに乗っかっておく。

「ねえ。聞いてもいい？」

落ち着いた声音で切り出したのは古手川さんだ。

「鬼塚さんたちは、どうして防犯対策のポスターを作ろうと思ったの？」

月鳴神社で予知を見たから、と言えれば話は早いのだけれど。作業に集中していたはずの鷺山が牽制するようにこちらを見る。未来予知の通りに進んでほしい鷺山としては余計なことをしてほしくないようだ。

彼女たちに納得してもらえる理由はないだろうか。そう考えていたところで私は先日の出来事を思い出した。

「日曜日、おばあさんがスリに財布を取られるところを見たの」

「え⁉　見たってどういうこと？」

そうして私は日曜日の出来事を話していく。おばあさんとぶつかった男の人や、その人が落とした財布がおばあさんのものだったことまで。

「兎ヶ丘でもそういうことがある。例大祭の日みたいな浮ついた時も気をつけなきゃいけない……って思ったから、防犯対策のポスターにしようと思って」

当初は神妙な面持ちだった藤野さんや古手川さんも、話し終える頃には真剣な表情へと変わっていた。身近でそういう事件が起きるのだと、危機感を持ったのだろう。

中でも不安そうに顔をしかめていたのが篠原だった。

「なるほどな。鬼塚と鷺山が防犯をテーマにした理由がわかったよ。祭りならたくさん人がいるからこえーよな」

言い終えるなり、篠原は隣に座る藤野さんを見る。

「藤野の家って旧道沿いだったよな？　お前の家、ボロいんだから気をつけろよ」

藤野さんと篠原は昔から仲がよく、今も同じ部活だ。だからからかっているのだろう。

けれど予知でこの先に起こることを知っている私は固まるしかなかった。だって篠原の言う通り、狙われるのは藤野さんの家なのだ。

「やだなあ。ボロ家だからこそ入らないんだって」

藤野さんは笑い飛ばしていたが、篠原はまだ藤野さんから視線を剥がさない。彼なりに気になるものがあるようだ。

「お祭りの日、どうすんの？　お前も伊豆に行くの？」

「面倒だから、うちは留守番。親に許可ももらったし、一人でのびのびするよ」

「いいこと聞いた。俺、遊びにいくわ。藤野の家でパーティーしようぜ」

「来るな！」

篠原の不安はどこかへ消えたのか、二人は楽しそうに話している。

それでも私の心臓が急いていた。

結局、藤野さんは家に一人で残るのだ。予知と変わらない。未来が、変わってほしいのに。

ちらりと鷺山を見れば、話に興味がなくなったらしく下書き作業に戻っている。鉛筆がしゃかしゃかと動いて、薄い線を描いていた。

古手川さんが鷺山の作業を覗きこむ。

「鷺山くんと鬼塚さんが作るポスターって一枚？」

「本当は何枚も作りたかったんだけど一枚しか作れなかったんだ。その一枚もいろいろあって私が破っちゃったから作り直してるの」

「ふうん……」

すると古手川さんは腕につけていたシュシュを外して髪を結んだ。次は鞄を開けてペンケースを取り出す。どうしたのかと様子をうかがっていれば、彼女はにっこりと微笑んだ。

「私も手伝うね。私も作れば、提出日までに三枚ぐらい作れるよ」

鷺山が顔をあげた。眼鏡越しに見えた瞳はまんまるになっていて、鉛筆を握った手も動きが止まっている。

古手川さんの宣言に続き、藤野さんや篠原もこちらを向いた。

「うちもやるよー。皆で作れば間に合うって！　ほら、篠原も！」

「勝手に俺を交ぜるな」

「いいじゃん。篠原どうせ暇でしょ」

「暇じゃねーよ」

藤野さんはともかく篠原は巻き込まれてもいいのだろうか。同じ疑問に至ったらしい鷺山が、逃げるなら今のうちと語るように篠原へ視線を送った。

「なんだよ」

「篠原くん。無理して参加しなくても大丈夫ですよ」

鷺山の淡々とした言葉に、篠原がぐ、と気まずそうに顔をしかめる。

だがすぐにいつも通りの、調子に乗った篠原へと戻った。

「……まあ、暇じゃないけど気が向いたから手伝ってやるよ。でも絵は描けないし文字もきたねーからな、色塗り担当でよろしく！」

「篠原って単細胞《たんさいぼう》だからべた塗りしかできないもんねー」

「うるせー。藤野に言われたくねーよ」

篠原の様子からして、本当は参加したかったけれど正直に言えなかったのだろう。参加すると決まれば、まんざらでもない顔をして楽しそうに藤野さんと話している。

三人増えればポスターはたくさん作れる。デザインだって美術部の古手川さんが手伝ってくれれば、今よりいいものが作れるかもしれない。

なんだかんだ言いながらも制服を腕まくりしてやる気十分な篠原に、楽しそうにデザイン案を語る藤野さん。古手川さんが書く文字は綺麗でイラストも上手だ。それぞれが異なる作業をしていても、同じ目的に向かっている。私たちは一つになっている。

皆の姿を眺めているると胸の奥が温かくなっていく。

閑散《かんさん》としていた教室が騒がしくなって、でも煩わしさはなかった。絵の具を塗ったり、ポスターマーカーで塗りつぶしたりの単調な作業も今日は何かが違った。

しばらく経って、三人は休憩としてジュースを買うため教室を出て行った。残っているのは私と鷺山だけ。

そんな中、黄色のポスターマーカーで標語《ひょうご》の文字を塗っていた鷺山が手を止めた。

「香澄さん、楽しそうですね」

「そう？　いつもと変わらないけど」

「いえ、楽しそうです。僕は香澄さんのストーカーですからよくわかります」

「堂々とストーカー宣言してるじゃん……」

軽口を飛ばしながらも、気分はそこまで悪くない。

鷺山が文字を塗っているので私は別の作業をする。一枚目はもうすぐ終わるから、三枚目のデザイン作りに取りかかる。

三枚目のデザインは決めていた。作業のためうつむき、隙間から覗き見えた鷺山の瞳を書き写す。

改めて見ても隠しているのがもったいない綺麗な瞳だ。眼鏡を外せばイケメンってのは漫画の定番ネタだけれど、鷺山だって負けていない。イケメンとまでは呼べなくても今より格好良くなると思う。前髪を切って髪を整えて、眼鏡を外して猫背も直したらきっと。

「面白いことでもありましたか？　ニヤニヤしていますよ」

「ごめん。少し変なこと考えてた」

「そうですか……ところで、香澄さんは何を描いているんですか？」

鷺山が手を止めてこちらへ視線を送る。私は白い紙に薄く描いた目の絵をつついて言った。

「あんたの目」

「……やめてください」

「やだ。鷺山の目って綺麗だよ。私は好き。だから描く」

「好んでもらえるのは嬉しいですが、防犯対策として使われるのは複雑です」

呆れていたけれど、それ以上の制止はなかった。使用を許されたのかもしれない。

ちらちらと眺めながら書いていく作業は楽しい。ポスターを見ている人と目が合うように描いているので、下書き中は鷺山の瞳が私を見つめている。描いているのは私で、乏《とぼ》しい画力だからリアルではないけれど、視線を交わしていることがくすぐったくなる。

「これ、お気に入りになりそう」

自分でも満足の出来で、ついにやけてしまう。そんな私に慣れてきたのか、鷺山は感情のこもらぬ平淡な口調で言った。

「よかったですね」

「ねえ、前髪切ろうよ」

「不器用なのであまりいじりたくないんです」

「は……？　まさか自分で切ってる？」

驚きに声が上擦った。鷺山はおかしなことでもないと言いたげに首を傾げている。

「はい。でも自分で髪を切るのは難しいので、先延ばしにしていたら前髪が長くなりました」

ぼさぼさの髪も前髪も、そういう理由があったとは。鷺山は一人暮らしだから誰かに頼ることもできなかったのだろう。困っていたのなら教えてくれればよかったのに。

「今度、私が――」

髪を切ってあげるよ。

言いかけたけれど、それは飲みこんだ。

今日の日付を思い出す。予知の日まで七日しかないのだ。その日がどうなるかもわからないのに約束をするなんて、いいのだろうか。

その躊躇《ためら》いが、言いかけた言葉を奪った。

「香澄さん？」

「……なんでもない」

未来の話をしようとしても、胸が苦しくなる。

視線を落とせば、書き写した鷺山の瞳と視線が重なった。責めることも悲しむこともない無感情のまなざしは息が詰まりそうだけれど、綺麗な瞳だ。

未来が変わって、この瞳に映るのが二十三日でありますように。

願いを託して下書きを続けた。

●九月十六日

放課後。藤野さんと古手川さんも部活の休みを取ったらしく、掃除が終わるなり私の机に集合した。理由はもちろん守り隊ポスター制作作業の続きだ。

「おーっす！　全員集まってんじゃん」

賑やかな挨拶と共に篠原もやってくる。隣のクラスも掃除が終わったらしい。篠原も部活を休んだのだと藤野さんが教えてくれた。巻き込まれる形で参加していたので心配していたが楽しそうで何よりだ。

篠原と鷺山は同じクラスだ。けれど、やってきたのは一人だけだった。

「鷺山は？」

「鬼塚さー、挨拶より先に鷺山のこと聞くのってどうなの？」

篠原の返答に私はむっと顔をしかめる。篠原の言う通り、挨拶よりも先に鷺山について確かめてしまった。だが、にやついた顔で指摘されるのは嫌だ。

「一緒に来ると思ってたから聞いただけ」

「いいけどさ。鷺山は日直。日誌書いて職員室寄ってから来るってさ」

なるほど、と納得して篠原から視線を外す。

家でも作業を進めていたため、鷺山の目を描いたポスターは完成に近づいている。あとはイラストや文字の一部を塗るだけ。早く仕上げて鷺山の感想を聞きたかった。

背景を真っ黒にして、イラストは目だけのシンプルなもの。上部には『見ています』と赤文字。下部には防犯や空き巣についての話を書いたけれど、上部の赤文字が目立つように文字は小さめにしておいた。

絵の具をパレットに出して準備していると古手川さんがやってきた。

「鬼塚さんのポスター、目だけって面白い」

「いいでしょ。これ鷺山の目なの」

私としては、『鷺山の目って綺麗でしょう』という意味で言ったのだが、これを聞いたらしい篠原と藤野さんがすごい勢いで振り返った。

「やっぱり二人は付き合ってるよね⁉」

「だよなあ⁉　意味深だろこれ」

藤野さんも篠原も好奇心を隠さずストレートだ。

私はまた首を横に振って否定する。

「違うって。仲がいいだけ」

「でも、香澄さんって呼ばれてるじゃん？　それに鷺山って、いつも鬼塚さんを見てるし」

「違う違う」

それはあいつが自他共に認めるストーカーなだけ。けれど、それを話しても誤解は深まるばかりだろう。説明が難しい。

そう考えているうち、篠原が「そういえば」と話題を変えた。

「鷺山って、同じ小学校にいなかった？」

その問いかけは、兎ヶ丘小学校の同級生という共通点を持つ私たちに投げられたもの。けれど誰も答えなかった。藤野さんも古手川さんも考えこんでいる。

小学校に六年通ってクラス替えは三回。一度も同じクラスになっていない子もいれば、顔を見続けた子もいて、委員会やクラブ活動でのクラスを超えた交流もある。だから生徒の顔と名前はそれなりに覚えた。全員の顔と名前を把握しているわけではないので自信はないけれど。

小学生時代を思い返す。記憶の中に鷺山の姿は見つからない。

「……いないと思う」

恐る恐る口にすると、藤野さんや古手川さんたちも私に続いた。

「うちも覚えてないなー」

「んー……私もちょっとわからないかな」

二人も同じ反応であることにほっとする。それでも篠原は納得がいかない様子だ。

「俺の記憶違いかもしれねーけど……でもいたと思うんだよなあ」

篠原自身も確証はないようで、当初の勢いは尻すぼみになっていく。「おかしいなあ」と呟いて首を傾げていた。

あまりにも篠原が考えこんでいるため、藤野さんももう一度思い返しているらしい。斜め上を見上げながら呟く。

「小学三、四年の時は違うね。その頃って、うちら四人同じクラスでしょ？」

「んー……違うクラスの、途中で転校したやつがいた気がするんだよなあ」

鷺山は他県の中学から兎ヶ丘高校に進学してきた。

だから小学生の途中で転校したことは考えられるけれど、もし鷺山も同級生だったのなら私に打ち明けていたのではないか。話せる場面は何度もあった。隠すようなことではない。

「……たぶん、違う。鷺山は同じ小学校じゃないよ」

それは私が出した結論だった。

私は鷺山のことを信じる。同じ小学校にいたのならきっと話してくれていた。出会ってから今日までそのことを語っていないのだから、違う小学校だと信じよう。結論が出れば、悶々《もんもん》としていたものが、すっきり晴れていく。それは三人にも伝わったのか、藤野さんがにやけながら言った。

「鬼塚さんって、鷺山のことになると嬉しそうに話すよねえ」

「そんなことない」

「いやいや。今の発言もさあ『私は鷺山のことを知っています!』みたいじゃん?」

藤野さんの頭の中では、私と鷺山の関係が美化されている気がする。私を見つめ、うっとりとしながら呟く。

「いいなーそういう関係。うちも彼氏ほしー」

これにいち早く反応したのが篠原だ。

「藤野に彼氏だあ? ないない。諦めろって。一生独身だろ」

「しーのーはーらー！」

恨みのこもった叫びと共に、藤野さんが篠原の脇腹を手で突く。竹刀《しない》はないので手だったけれど、その動きはさすが剣道部というほど鮮やかだ。

「いってーな」

「次は面だから」

「暴力女だからモテねーんだよ」

「よーし。お望みとあらば手加減なしで！」

こうして見ていると篠原と藤野さんは仲がいい。二人の間には男女の垣根《かきね》なんてないのだと思う。篠原は攻撃されっぱなしのくせに本気で嫌がっている顔はしていないし、藤野さんも楽しそうにしている。微笑ましい光景だ。

●九月十七日

ついに守り隊打ち合わせの日がやってきた。今日はポスターの提出と、お祭り当日の動きを確認するらしい。

私たちは三枚のポスターを作り終えていた。あとはハナ先生や他のメンバーに見てもらい、掲示する三枚を選ぶことになる。

「じゃ、一年生から黒板に貼りだしていこうか」

教卓に立つハナ先生が言うと、一年生たちが立ち上がる。その中には私と言い争った子もいた。気まずいので視線を合わせないようにする。

一年生たちが作ってきたのは五枚。中でも目立つのは前年のテーマを踏まえて『ごみは持って帰ろう』の標語《ひょうご》が目立つものと、酔っ払った赤ら顔の人がふらふらと歩いているイラストと『お祭りで飲み過ぎ注意』と書いてあるもの。特に後者はハナ先生のツボに入ったらしい。

「ちょっとちょっと、このポスターを書いたの誰？」

「俺でーす」

「あんた、いいセンスしてるねえ。これ、町内会のテント前に貼りたいわあ」

それからは授業が脱線しやすいことに定評のあるハナ先生が、兎ヶ丘出身であることや町内会の人と顔見知りであることを話していた。町内会の人たちは毎年例大祭でお酒を飲みすぎて潰れるから仕事にならないのだと笑っている。

「これ。兎ヶ丘町内会は飲兵衛《のんべえ》ばかりだから、これを貼りたいねえ。私のイチオシだよ」

ハナ先生のお話は数分ほど逸れたものの、最後は飲み過ぎ注意ポスターを讃えて終わった。

　一年生のポスターが終わったところで今度は二年生に移る。二年生からの提出は七枚。他クラスが作った落とし物注意のポスターや古手川さんと藤野さんが合流する前に作ったごみ問題がテーマのポスターなど。

　私も防犯がテーマのポスターを三枚貼っていく。最後に、鷺山の目をモデルにしたポスターを貼れば教室がざわついた。

「すごいねえ、これ。鬼塚さんが作ったの？」

　私が貼っていたことから、一人で作ったと考えているらしく、ハナ先生が言った。

　私は首を横に振る。それから、正直に答えた。

「私たち五人で作りました」

「おや。誰かと一緒に作るのは面倒って言ってた気がするけどね。気が変わったなんてね、珍しいこともあるもんだ」

　ハナ先生のところに行った時は一人でやる予定だった。それが増えに増えて五人だ。先生が驚くのも無理はない。

　私は席に戻った。全て出揃ったところでハナ先生が教卓の前に立つ。

「今年は面白いね。毎年似たようなものばかりだったけれど、様々なアイデアが出るじゃないか。これなら三枚どころか全部貼りたいぐらいだよ。作ってきてくれた子たち、ありがとうね」

　さて、ここからどれが選ばれるのか。一年生が手をあげた。

「それぞれのテーマから一枚ずつ選んだらどうでしょうか」

「いいね。先生が選んでいいなら、ごみ問題、防犯……落とし物注意も出来はいいけど、面白いから飲み過ぎ注意を貼ってみようかね」

　これに異論を唱える者はいない。防犯がテーマのポスターから一枚採用されるとなれば、私たちが作ったものから一枚は選ばれることになる。掲載されてほしいと願っていたので嬉しいけれど、まだ素直には喜べない。

　できることなら。お気に入りのものが選ばれてほしい。どれも好きだけれど、鷺山の目を描いたやつは私の中で別格だった。

　どうか選ばれますように。心の中で強く願った。


　打ち合わせが終わって、生徒たちが次々と教室を出て行く。私はまだぼんやりと椅子に座ったままだった。

「香澄さん、お疲れ様でした」

　鷺山に声をかけられて振り返る。彼は鞄を肩にかけていた。

「ポスター、選ばれてよかったですね」

「……うん」

　結局、選ばれたのは二枚目の、三人が合流してから作ったポスターだった。未来を変えるために防犯テーマのポスターを出すと決めていたので、その目的は叶ったけれど、気に入っていたものが選ばれなかったので気持ちが沈んでいる。

　しかしそれを隠して私は答える。

「これで、強盗《ごうとう》が藤野さんの家に入らない、鷺山も助かる未来になるといいね」

　これに鷺山は頷かなかった。食い入るようなまなざしをこちらに向けて固まっている。真正面から観察されるのは落ち着かない。

「どうしたの？　じっと見られると困るんだけど」

「香澄さんが喜んでいないように見えたので。何か気になることがありましたか？」

　私は首を横に振った。本音を口にすることはできなかった。もしも三人が聞けば、手伝ってくれた厚意に傷をつけてしまうから。

　そういえば三人に挨拶していなかった。ポスターについて改めてお礼を言いたい。今日は部活があるらしく、三人は早々に教室を出ようとしている。追いかけるべく立ち上がったところで、一年生たちの話し声が聞こえた。

「肝試しの日、動画撮りながら参加したいんだよな」

「いいじゃん。衝撃映像タグつけて投稿したら人気出るんじゃね？」

「当日も結構人数集まるしよ、やべーの撮れるぞ」

内容は一年生の有志《ゆうし》で行われる肝試しについてだ。聞こえてしまっただけで不快になる嫌な話。

これは藤野さんらにも聞こえたらしい。一年生の話に気を引かれて振り返った三人と視線が合ってしまった。教室を出ようとしていた古手川さんが戻ってきて、こちらに寄る。周囲に聞こえぬよう、耳打ちをしてきた。

「ねえ、鬼塚さん。今の聞いた？　肝試しをやるそうだけど……いいの？」

古手川さんは私にどんな返答を求めていたのかわからない。急かすようなまなざしは次第に弱くなって、諦念《ていねん》に変わる。短くため息をついていた。

「……中止になればいいのにね」

そう言われたって私に何ができる。彼らの前で、また言い争いをすればいいのか。それでもきっと中止にならず、むしろ加速するだろう。だからどうしようもない。

「諦めていいの？」

「うん。言ったって、わかってもらえないから」

私が言うと、古手川さんは悲しそうな顔をして「そう」と短く言った。

「部活、がんばって。藤野さんと篠原も」

古手川さんと同じ疑問を抱いていたのか藤野さんも心配そうにこちらを見ていた

が、私が声をあげたことで表情が和らいだ。こちらに手を振っている。篠原も「またなー」と元気な声を残して、教室を出て行った。

　皆が部活に向かうのを見送ってから、私は鷺山のところに向かう。

「帰る？」

「はい」

「じゃ、一緒に帰ろう」

　一年生たちはまだ肝試しのことを話していたけれど無視して教室を出る。それぞれの下駄箱で靴を履き替えていると、廊下の向こうから声がした。

「おーい。鬼塚さん、鷺山くん」

　聞き慣れた声に振り返れば、ハナ先生がいた。

「ちょうどよかった。少し話したいと思っててさ」

「僕たちにですか？」

「そうそう。二年B組とC組の一匹狼たちが組むと思わなかったからねえ。何があったのか話を聞きたくなるじゃない」

　一匹狼たちとまとめられた私たちは、ぽかんとするしかなかった。

「鬼塚さんはポスター作りで張り切っていたし、鷺山くんだって提出期限延長を頼んでくるし、驚くことばかりだよ。一匹狼たちが急に動き出したのには理由があるんだろう？」

「伝えたいテーマがあっただけです」

鷺山は簡潔に答えて、予知のことには触れなかった。

「あんたたちが作っていたのは『防犯対策』だったね。それが伝えたいことかい？　確かにお祭りの時は気が緩む時期だけど」

「どんな町だって事件は発生します。兎ヶ丘も例外ではありません」

「なるほどね。それがあんたたちを動かしたのか」

ハナ先生は納得したらしく、しみじみと呟いている。

「いいことだよ。常に集団行動しろとは言わないけどね、やりたいことがある時は誰かに頼ることも必要だ。伝えたいテーマのためにポスター作りの仲間を集めたことはいいことだと思う。二人は個人行動派だけど、協調性も時には大事だ。うん」

そして矛先は私に向けられる。ハナ先生は私を見つめて続けた。

「三枚目のポスター。目だけ描いてあるやつ。あれを考えたのは誰？」

「私です」

「いいセンスだよ。あんた、そういう才能あるんじゃないかい？　四枚掲示できたらね、迷わずあれを推すんだけど」

その言葉は、深く沈んでいた私の心に差す光のようだった。これを逃したらいけないと、咄嗟《とっさ》に口が動く。

「あの。掲示枚数を増やしてもらうことってできませんか？　あれならお祭りの夜でも目立ちます。町内会の方にお願いして、なんとか貼ってもらうことはできませんか？」

　お気に入りのあのポスターをまだ諦めたくない。少しでも望みがあるのならそれに賭けたいから、夢中で先生に詰め寄っていた。

「お願いします！」

　勢いよく頭を下げる。鷺山も先生も何も言わない静かな空気におそるおそる顔をあげれば、先生の表情には困惑の色が浮かんでいた。

「って言われてもねえ……前にも話したけれど、例大祭で掲示板に貼るポスターは協賛企業の宣伝が目的なんだよ。私たちは余ったスペースを埋めているだけだからね」

　ポスターを貼る掲示板はいくつもあるが、だいたいが協賛企業のポスターで、高校生によるポスターはメインではない。いわゆる、おまけみたいなものだ。

　これはだめかもしれない。悔しさに唇を噛んだ時、隣で鷺山が動いた。

「僕からもお願いします」

　先生は困惑していた。私と鷺山といった一匹狼たちが我を通すため頭を下げる。それがハナ先生にとっては意外な光景だったのかもしれない。

ハナ先生はしばし考えこんだあと「顔をあげて」と落ち着いた声音で答えた。

「本当に驚くことばかりだよ。鷺山くんは天然一匹狼だから仕方ないにしても、鬼塚さんは根っこが深いと思っていたからね。誰も近寄らせず遠ざける、そういう過ごし方をしてきたのかもしれないってイノ先生から聞いてたんだ」

「……はい」

「それがこの熱意だよ。あんたらの担任が見たらひっくり返るんじゃないかい」

ハナ先生は笑った。安心しているような微笑みをして、優しく頷く。

「よし！　今回だけ特別だ。私も協力するよ」

「あ……ありがとうございます！」

まさか叶うなんて。私は咄嗟《とっさ》に頭を下げていた。

嬉しい。けれど喜びで口元が緩む前にハナ先生が続けた。

「でも、私がやるのは道を開けることだけ――明日の夕方、兎ヶ丘会館で町内会の会議があってね。いつもなら兎ヶ丘高校の代表として私だけ行くんだけど、今回は特別にあんたたちを連れていくよ」

「私たちも行っていいんですか？」

「ポスターを四枚貼るためには町内会の許可を得ないといけないからね。どうしても貼りたいのなら自分で説得すること。先生が協力できるのはそれだけだから、あとはあんたたちの想いをぶつけて許可をもらいなさい」

諦めずに済む。それに町内会の人たちと顔を合わせることができれば、二十二日の有益な情報が得られるかもしれない。これは大きなチャンスだ。

「行きます」

力強く答えると、ハナ先生は目を細めた。

「いい返事だね。鷺山くんは？」

「お願いします。僕も同行させてください」

「決まりだ。鬼塚さんグループの残る三人はどうしようかね。剣道部顧問は山田先生だから頼めば篠原くんと藤野さんを貸してもらえるかな。古手川さんは美術部だったよねえ、えーっと美術部顧問は……」

これに三人も加われば心強い。先生が与えてくれたこのチャンスを無駄にしないよう、明日は頑張らなければ。決意を胸に、もう一度先生にお礼を告げた。

学校を出て帰り道を行く。外周を走る運動部の声が聞こえなくなるぐらい遠くまで歩いてから、鷺山が口を開いた。

「ポスターが決まっても喜んでいなかったのは、お気に入りのやつが選ばれなかったからだったんですね」

「うん。貼ってほしかった。諦めたくなかったから」

しかし鷺山はまだ納得がいっていないようだった。呆れているような声音で彼は言う。

「本来の目的は藤野さんの家に不審者が入らないよう防犯ポスターを貼ること。一枚は採用されているから目的は達成されているのに、もう一枚追加してほしいと頼むのが理解できません」

それは鷺山の言う通りだ。当初の目的は達成している。それでも追加を願う私の行動が理解できないのは仕方ないことだ。

「自分で描いておきながら言うのもおかしいけど、あの目が綺麗でお気に入りなの。予知とか未来とか関係なく貼ってほしかった。これは私のわがまま」

「なるほど」

鷺山は少し俯き気味で、眼鏡をくいと持ち上げていた。もしかすると、俯いているのは目元を隠すためかもしれない。

「香澄さんは諦めが悪くてわがままを貫く一面もあるのだと覚えておきます」

そんな言い方をされると、ストーカーに情報を与えてしまったような妙な気分だ。

ハナ先生からもらったチャンスは一人だけで掴んだものではない。先生の心を動かしたのは、鷺山も頭を下げてくれたから。

「鷺山も、ハナ先生に頼んでくれてありがとう」

「いえ。香澄さんの力になれてよかったです」

柔らかな言葉を口にしながらも、表情は硬い。こんな時ぐらい微笑んでくれてもいいのに。

教室を出た時の沈んでいた気持ちは晴れていた。誰かと話がしたい気分だった。浮き足立っているといえばその通り。

「ゲンちゃん元気にしてるの？」

「誰ですか？」

「ゲンゴロウ。メスなのに変な名前つけられて可哀想だからゲンちゃんって呼ぼうかなって」

「変なあだ名ですね……ゲンゴロウなら元気ですよ。毎日可愛くて仕方ないです」

「鷺山がうさぎを飼っているなんて、藤野さんが聞いたら驚きそうだね。篠原なんて固まりそう」

鷺山がもふもふのうさぎを愛でているなんて、誰も想像できないだろう。三人が鷺山に抱くイメージは変なものばかりだから。

「驚く必要はありません。僕は普通ですから」

「いやいや、普通じゃない。変わってる。小学校の幽霊話よりも鷺山が幽霊って言われた方が納得しちゃうぐらい」

これは以前藤野さんたちと話していたことで、もちろん鷺山のことを幽霊と思っているわけではない。幽霊はいないのだと信じているから、私なりの冗談だったけれど。

鷺山は足を止めていた。

「僕が……幽霊……」

「例え話だよ。幽霊はいないって信じてる」

気に障ることを言ってしまっただろうか。鷺山の態度が変わったことに気づいて私は慌てる。

しかし次に彼が告げたのは予想外の発言だった。

「僕を幽霊だと思うなら……試してください」

一体何を試す。疑問符が頭に浮かぶと同時に、手を掴まれた。

理解できぬまに引っ張られて——辿り着いたのは鷺山の首だった。指先に伝わる柔らかな感触が、一瞬で私の頭を混乱させた。

「な、何してんの⁉」

「幽霊だと疑われたので脈で証明しようと思いまして」

「は？　だからって首に……」

「頸部《けいぶ》なら総頸動脈《そうけいどうみゃく》に触れられるので。どうぞ脈を測って確かめてください」

幽霊ではない証明として脈を測らせるとはいかがなものか。百歩譲って脈拍測定で生存証明をするとしても、事前に『脈を測って』と言えばいい。

いやそんな場合ではない。私は鷺山の首に触れている。

ああもう、私たちは何をしている。

苛立ちと呆れが合わさって頭の中は大混乱。パニックだ。他人の首って簡単に触っていいものではないと思う。

それでも。指先にじわりと伝わる温度が心地よくて、薄い皮膚の奥から聞こえる生きている音。小気味よく刻まれるそれは、鷺山が生きている証拠だ。

「……生きてる」

「僕は生きていますよ、間違いなく」

「うん……変なこと言ってごめん」

「まったくです。変な話に影響されないでくださいね」

生きているってわかったのだから離れてもいいのに。鷺山はまだ手を掴んだままだったし、私ももう少し触れていたいとなぜか思った。

たぶんこの音と柔らかな皮膚の温度が心地よいから。首に触れているこの距離なら、綺麗な瞳だって見える。鷺山と私の身長差だってよく伝わる。

「これって幽霊じゃない証明になる？」

「わかりません。思いついたのはこれでした」

「柔らかい」

「首は皮膚が柔らかいので」

とくん、とくん。指に伝わる音。

生きている。私たちは九月の風よりも熱い。

「……でもさ、脈を測るなら手首でよかったんじゃない？」

思い立って聞くと、鷺山はあっさり「そうですね」と言って私の手を離した。離れれば名残惜しい気持ちと恥ずかしさがこみ上げてくる。鷺山の顔は見られそうになかった。

「また不安になったら言ってください。脈を測っていいですから」

「今度は手首にする？」

「……お任せします」

鷺山は私に背を向けて、そう言った。平然としたいつも通りの声音だけれど、こちらを向いてはくれない。

別に私は脈拍測定が好きなわけではない。今後、鷺山が幽霊かもしれないと疑うことはないから、証明のために脈を測ることはないけれど。

「じゃ、首がいい」

けれど触れるなら。

手首よりも首の方がいいと、なぜか思った。

●九月十八日

放課後になると、私たちはハナ先生と共に兎ヶ丘会館に向かった。

町内会会議の内容は二十日から三日間行われる月鳴神社例大祭についてだ。会館には町内会役員の他、月鳴神社の関係者や例大祭の支援をしている企業といった大人たちが集まっている。兎ヶ丘高校ボランティアからはハナ先生一人の予定だったけれど、今日は私たち五人もいる。邪魔にならないよう部屋の隅に腰掛けた。

「あんれハナちゃん。今日は子だくさんだねえ」

町内会副会長のバッジをつけた人がこちらにきて、にかりと笑った。五十代のハナ先生よりも年上の、七十代ぐらいに見えるおじいちゃんだ。

「ごめんねえ増えちゃって。今年は生徒たちのやる気がすごいもんだから」

「いいこといいこと」

その後はハナ先生と世間話をはじめてしまったので、私は隣に座っていた古手川さんに耳打ちをした。

「古手川さんのおじいさんって町内会役員だったんだよね？」

「うん。亡くなるまで副会長だった」

「知り合いとかいる？」

淡い期待をしたけれど、古手川さんは首を横に振って答えた。

「ごめんね。あんまりわからないの。ポスター四枚目の話に協力できたらよかったんだけど」

私と鷺山以外の三人には、お昼休みに事情を説明した。

ポスターの掲示を四枚に増やせるように頼みこむという話には驚いていたが、その四枚目が鷺山の目をモデルにしたポスターと知るなり、皆は事情が飲み込めたかのように納得していた。そうして三人にも協力を得ている。

そうしているうちに、室内の空気が静かになっていく。いよいよ会議がはじまろうとしていた。

司会を担当する副会長さんが壇上《だんじょう》にあるホワイトボードの前で声を張る。

「えー。初日、つまり二十日ですね。この日は午前中から皆さんに動いていただきますのでよろしくお願いします。我々も年なんでね、皆さん早起きは得意だと思いますから、朝からきびきび動きましょう」

室内にどっと笑い声が響き渡る。会議と名はつくけれど畏《かしこ》まったものではなく、時折笑い声が聞こえるようなほのぼのとした雰囲気だ。

「例年通り、初日と二日目は高校生ボランティアさんのご協力をいただきます。今年も誘導や迷子案内、ゴミ拾いなどご協力をお願いいたします」

そこでハナ先生が立ち上がった。

「どうも毎年お邪魔してます。今年はね、高校生たちのやる気が十分ですから。どんどん頼ってください。よろしくお願いします」

ハナ先生が頭を下げると拍手が聞こえた。先生は去年も一人でここに来て、打ち合わせをしていたのだろう。学校にいるだけでは見えない苦労に触れているかのようだ。

「先に今年のポスターを見せてもらおうかね。設営の時に貼るから、見せてもらった後はこちらで預かるよ」

「はい。それじゃホワイトボードの方に――鬼塚さんと鷺山くん、手伝って」

紙袋を持って私も立ち上がる。紙袋の中に入っているのは守り隊が作ったポスター四枚だ。鷺山と分担してホワイトボードに貼り付ける。四枚目を貼った時、町内会の人がざわついた。

「一枚多いんじゃないかい？」

副会長さんだけではなく、その隣に座る会長のバッジをつけたおじいさんも目を見張っている。掲示された枚数を数えているのか頭がかくかくと上下に動いている人もいた。

「出来がいいから、よかったら四枚貼っていただきたいと思いまして」

ハナ先生が答える。けれど周囲の反応はあまりよくなかった。

「今年は協賛企業が多いからねえ。一枚増やすってなると」

「ゴミ投棄《とうき》は例年通りだからいいとして、防犯ねえ……」

「去年の時に、問題って起きてたか？」

「ねえなあ。兎ヶ丘はのんびりしてっから」

掲示する枚数を増やす。簡単な響きではあるが、人々の反応を見る限り難しいのかもしれない。空いたスペースを埋めるおまけが、一枚増やせと要求しているのだからごもっともだ。

その中でも防犯ポスターに不服なのは副会長さんだった。眉間に皺をよせて睨みつけている。

「お祭り中に事件が起きたことは過去にないんですよね。前例にないものを注意しようと言われても。それなら現在困っているゴミ投棄問題《とうきもんだい》とか落とし物、迷子の方が問題だと思うんですよ」

その意見に周囲が頷いている。

私にとっては嬉しくない展開だ。このままだと四枚目の掲示どころか三枚目すらどうなるか怪しい。動かなければと気が急いた。

「あ、あの！」

声をあげると、部屋がしんと静まった。一斉にじろりとこちらを見るものだから、振り絞った勇気を忘れそうになる。大勢の注視《ちゅうし》は居心地が悪い。

「……防犯をテーマにしたのは私です。今の兎ヶ丘に必要だと思って、作りました」

「そりゃわかるけどもさ」

町内会の一人が言う。

「防犯ってのは大事だけどもよ。何も例大祭の時でなくたって」

「お祭りで気分が浮ついている時だからこそ、気をつけなきゃいけないと思います」

大人に意見することはとても怖い。自分よりも遥か年上の、名前もわからぬおじいさんだから余計に。竦《すく》み上がりそうだけど、ぐっと拳を握りしめる。

負けちゃいけない。私は未来を知っているのだから。

「油断している時こそ、悪いことを考える人が出るのだと思います。お祭りだから施錠していないかもしれない、貴重品だって置いたままかもしれない。私がもしも空き巣だったら、お祭りに出かけて誰もいない家を狙います」

強く言い返すと再び室内がざわついた。私が言い返したことはよくなかったのかもしれない。ハナ先生が少しだけ足を前に出す。じろりと向いたハナ先生の視線は、これ以上の反論を阻止するかのようだった。

「お姉ちゃんが言うことはその通りだけどなあ」

「俺は例年通りでいいと思うぞ」

「うん。何も無理して四枚貼らなくたって」

「ほれ向井さん——町内会会長からも一言お願いしますよ」

それを聞いて、町内会長さんらしき人が立ち上がる。

私は俯き、唇を噛んでいた。例年通り、という言葉に打ち勝つことは難しい。部屋のどこを見ても反応は同じだった。

「香澄さん……」

小さな声が聞こえて振り返れば、鷺山がこちらを見ていた。だめかもしれない、というニュアンスの声音。鷺山もこの空気を読み取っているのだろう。

どうしたらいい。何か、できることは。

頭を巡らせる。四枚目の掲示を許してもらえるような方法は——

そこで、扉が開いた。

「すみません。遅くなっちゃいました」

入ってきたのはどこかで見たことのあるおばあさんだった。ぺこぺこと頭を下げながら町内会の席へと歩いていく。

そして、おばあさんが壇上《だんじょう》の方へ視線を送った時だった。

「あら。香澄ちゃん！」

名前を呼ばれたけれど、相手の名前はわからない。確かにどこかで見た気がするけれど。

まばたきを数度しながら思い出そうとしているうちに、おばあさんが微笑んだ。

「あの時は財布を取り返してくれてありがとうねえ」

「あ――あの時の！」

おばあさんはぺこりと頭を下げた。その姿に私は思い出す。

この方とは日曜に会っている。財布を盗まれそうになっていた人だ。

そのおばあさんは私に挨拶してから、役員席へとまっすぐに歩いていく。その足が止まったのは、会長のバッジをつけたおじいさんの隣だった。

「あなた、あの子がいつぞや話した香澄ちゃんなの。あの子がいなかったら、私きっと財布を盗まれていたわ」

その言葉を聞いて反応したのは、防犯なんて必要ないと言っていた副会長さんだった。

「え？　奥さん、そんなことあったのかい？」

「日曜日にね。コンビニの近くで変なお兄さんとぶつかったのよ、その時に財布を抜き取られちゃったみたいで」

「それスリじゃないか」

先ほどまで反論していた人たちが「町内会長の奥さんが」「スリだって」とひそひそ話している。

「恥ずかしいからあんまり話していなかったのだけれど、香澄ちゃんがいなかったらお財布を盗まれていたのよ。今の高校生って本当にしっかりしてるのねえ」

その言葉で、風向きが変わった。

のんびりしていて平和だと信じていた兎ヶ丘で、身近な場所で、悪いことが起きる。その事実は空気を変えていく。この兎ヶ丘でもそういうことがあるのだと、ざわついている。

町内会長さんが私の方を向き、頭を下げた。

「鬼塚香澄さん。その節は、家内《かない》を助けていただきありがとうございました。ここでお会いできてよかった」

視線はポスターへ。すっと細まった瞳から、穏やかなまなざしが向けられる。

「兎ヶ丘でもこういったことが起きているのは事実。あなたの言う通り、例大祭の間だって気を緩めてはいけない」

おばあさん――町内会長の奥さんも、この意見に頷いていた。

「そうですねえ。お祭りは楽しいものだけれど、そういう時こそ何が起きるかわかりませんから」

「特にこの目のポスターは印象的だ。誰かに見られていると思えば悪さはできないね――これを作ったのも、香澄さんかな？」

「はい。私と友人たちで作りました」

部屋の隅にも注目が集まる。古手川さんと藤野さん、篠原はそれぞれ注目を浴びて恥ずかしそうにしていた。

「皆さん、ありがとう。今年のポスターも素敵です」

そして町内会長さんは私と鷺山の前にやってくる。穏やかな表情だった。

「高校生たちが教えてくれた大切なことです、全て貼りましょう。掲示場所についてはこちらで何とかしましょう。家内《かない》を助けてくれた香澄さんのお願いですからね、君たちが作ったものは必ず掲示しますよ」

私はぽかんとしていた。自分の願いが叶ったというのに実感が湧かなかったから。

おばあさんが町内会長の奥さんだと知らなかった。まったくの偶然だ。

けれどその偶然が、事態を好転させたのだ。私の言葉で動かしたわけではない。オセロのひっくり返る石みたいに、ぱたぱたと変わっていく室内を眺めるだけだった。

私ではなく、他の人が、助けてくれた。

隣に立つハナ先生はにっこりと笑って、呆然としている私を小突いた。

「やったじゃないか。あんたたちの頑張りが認められたよ」

「でも……私、ここで突っ立って見てるだけでしたよ。何も頑張っていません」

「何を言ってんだか。あんたが町内会長の奥さんを助けた。そこで作り上げた繋がりがこの結果を生んだんだ。胸を張りなさい」

ハナ先生が私の背中をバンと叩いた。なかなか強い力だったけれど、諭す声は柔らかくて優しい。

「物事にはね、どれだけ努力したって叶わないことがある。自分じゃどうしようもない時がある。でも他の人だったら、それが叶うかもしれない」

まさしく今の状況だ。町内会長の奥さんが現れなかったら、四枚目のポスター掲示は叶わなかった。私の力では届かなかった。

「これは他力本願って言わない。人の繋がりは宝物、その繋がりを作ったのはあんたの行動だよ。今日手に入れた結果は、あんたが頑張って積み上げてきたものが生んだ。素直に喜びなさい」

「……はい」

そこまで言い終えたところで、ハナ先生の声のトーンがぐっと下がった。眉根をよせ「それにしても」と嫌な予感がする物言いで話題を変える。

「スリの話は聞いてないねぇ。あとで先生にも教えてもらえるかい？　そんな大事なこと、なんだって学校に報告してないんだ」

「あー……そのうちで……」

逃げるように部屋の隅へ目をやれば、藤野さんや古手川さんの喜ぶ姿や、ガッツポーズを取る篠原が見えた。

皆で作ったものが、想いを込めたテーマが伝わったのだ。じわじわと喜びがこみ上げてきて、手が震える。

会長の奥さんはホワイトボードに掲示された『飲み過ぎ注意』のポスターをじっと見て言った。

「この飲み過ぎ注意ってのも面白いですねえ。本当に気をつけないと。大変なことが起きて、やれ酔っていたから動けませんでしたなんて言い訳をすれば、しっかりした高校生さんに笑われてしまいますよ」

これには町内会長さんも副会長さんも笑った。

「本当ですね。今の高校生たちはしっかりしてる」

「飲み過ぎは体にもよくないからなあ」

「これも気をつけましょう。特に二十二日は、高校生ボランティアなしですから。今年は、お酒を飲むのは祭りが終わってからにしましょうか」

町内会の空気は確実に変わっていた。身近で事件が起きていたと知り、意識が変わったのだろう。

会議はまだ続いていたけれど、私たちは途中で帰ることになった。あとは町内会と月鳴神社の打ち合わせになるらしく、高校生はいなくても構わないとのことだ。

ハナ先生の車でそれぞれの家まで送ってもらう。ハナ先生の車は三列シートの大きな車だ。その道中で篠原が藤野さんに声をかけるのが聞こえた。

「藤野ってさ、二十二日は家にいるんだよな?」

「うん。そうだけど」

「……ふーん」

篠原から声をかけておいてそれで会話が終わるのか。ツッコミを入れたくなったけれど外野なので何も言えない。

そんな二人のやりとりを眺めながら、私はぼんやりと考えていた。

私にできることはまだあるのだろうか。ポスターだけで藤野さんの家に泥棒《どろぼう》が入らなくなるとは思いがたい。未来を変えたいのなら、もっとできることがあるはず。

篠原と楽しそうに喋っている藤野さんを見る。

もしも事件が起きてしまえば、藤野さんは大怪我《おおけが》をする。肩の怪我《けが》は、今後に影響を与えるのかもしれない。例えば、剣道部を続けられなくなるような。

　これで藤野さんが怪我《けが》をしたら——一人で留守番をするなと彼女を止めていたら怪《け》我《が》せず救えたのかと、篠原や古手川さんは悔やむのだろうか。

　そして私も、悔やむのだろう。

「藤野さん」

　気づけば声をかけていた。

　藤野さんだけではない。篠原も古手川さんも、皆が悲しむ二十二日は嫌だ。

「一人で家にいる時、何かが起きたら……戦わないで身を守って」

　藤野さんに向けた言葉は、狭い車内に響き渡って、運転席のハナ先生を除いた四人の注目が集まる。私の隣に座る鷺山が息を呑むのがわかった。

「鬼塚さんったら、なーに心配してるのよ。大丈夫、竹刀《しない》置いとくから。変なやつ来てもスパーンと一撃食らわせちゃるもん」

　藤野さんは軽く笑い飛ばそうとしている。けれどそれではだめだ。

　予知で見た二十二日、不審者は藤野さんのことを『凶暴女』と言っていた。おそらく竹刀《しない》で抵抗したのだと思う。それでも藤野さんは怪我《けが》をした。だから戦わせてはいけない。

「抵抗も反撃もだめ。身を守るの。できることなら逃げて」

「……鬼塚さん」

「私は藤野さんが心配だから言ってる。絶対に怪我《けが》しないで」

明るく振る舞っていた藤野さんも、私の様子から察したらしい。表情は真剣なものへと変わり、それから頷いた。

「わかった。気をつけるよ」

「絶対だからね」

「わかったってば。もー、鬼塚さんに言われると、本当に何か起きそうで怖くなるー！」

この会話に交ざったのが篠原だった。

「仕方ないから俺が行ってやろうか？　ポテチ二袋とコーラでボディーガードしてやるけど」

「篠原が来たら即通報」

「俺だけ扱いひどくない⁉」

二人はケタケタと笑っているけれど、篠原がいた方がいい気がする。でも、怪我《けが》人を増やす最悪の選択になるのかと躊躇《ためら》って、私は何も言わなかった。

ハナ先生の車が藤野さんの家に着く。藤野さんが降りて、車が次に目指すは古手川さんの家だ。ハンドルを切りながら先生が聞く。

「明日は休みでしょ。どうするの？」

明日は土曜日。学校が休みのため明日から四連休になる。次の登校日は例大祭が終わってからだ。

「俺は部活っすねー」

「私も秋の展示に向けて部活です」

「篠原くんも古手川さんも頑張ってるねえ、いいことだ。鬼塚さんと鷺山くんの帰宅部組は？」

隣に座る鷺山をちらりと見る。彼は眼鏡をずいと持ち上げながら言った。

「明日は実家に行きます」

「は？　実家？」

素《す》っ頓狂《とんきょう》な声をあげたのは篠原だ。いちいち反応が騒がしい。

「僕、一人暮らしなので。たまには実家に顔を見せてこようかと」

「まてまてまて。そんなの聞いてねーぞ」

「そうですね。必要性を感じたことはなかったので篠原くんには話していません」

混乱している篠原が可哀想になるほど、鷺山は正論を語っている。どうやら古手川さんも一人暮らしのことは知らなかったらしい。ハナ先生だけは事情を知っているらしく「あー……」と意味深な相づちを打っていた。

「そうだったね。あんたも大変だ。実家は県外だろ？」

「はい。ですが、日帰りなので守り隊の活動は大丈夫です」

「無理しなくてもいいんだよ。せっかく家族と会えるんだから」

「いえ、僕が長居したくないので」

どういうことだろう。鷺山の家族の話は聞いていなかった。気になるけれど聞いていいのだろうか。

悩みながらも様子を窺っていると、視線に気づいたらしい鷺山が口を開く。

「気になりますか？」

「そりゃ……まあ」

前の席を見れば、篠原と古手川さん、運転席のハナ先生も交ざって楽しそうに話している。その隙にと、私にしか聞こえない小さな声で鷺山が言った。

「母に顔を見せるだけです。僕が死ぬまでに会えるタイミングは明日しかないので」

「母にって……お父さんは？」

「両親は離婚しています。父はどこに行ったのかわかりません。僕を引き取ったのは母ですが、今は再婚して新しい父親がいます」

ずきん、と胸が痛む。まったく知らなかった。鷺山だって一言も言わなかった。

そしてそれを淡々と語る鷺山にも切ない気持ちが生じた。明日家族に会えるというのに表情が晴れない。もしかすると実家の居心地が悪いのだろうか。

その疑問に答えるかのように、鷺山は窓の外を眺めながら続けた。

「新しい父とはあまり親しくありません。年の離れた弟がいるので、僕が家にいると邪魔になってしまうみたいです」

「それで一人暮らししてたんだ？」

「はい。県外にある兎ヶ丘高校に通いたいと話しても誰も反対しませんでした。父や弟は喜んでいたのでしょう。今の家族にとって僕が家を出るのは良いことですから」

言い終えると、鷺山は深くため息をついた。わずかに緊張しているように見える。最後だからと理由をつけても実家に帰るのは勇気がいるのかもしれない。

「明日がんばって。兎ヶ丘で待ってるから」

私が言うと、鷺山は驚いたように目を見開いて、それから頷いた。

「……変わりましたね」

「そう？」

「今までの香澄さんなら、藤野さんに起きることも他人だからと片付けそうだったのに、怪我《けが》をしないようにと忠告していた。雰囲気が柔らかくなりました」

「それって、よくない変化？」

「どうでしょう。僕はどちらでもいいと思います。どちらも香澄さんですから」

自分らしくない行動は確かに増えている。ポスターのことだって、前の私ならばあそこまで執着《しゅうちゃく》せず諦めていた。藤野さんたちの協力も断って一人で進めようとしていたはずだ。

いつから変わりだしたのだろうと思い返す。

辿って、思い出す。

変化が生じた瞬間はいつも鷺山がいた。

この男と出会ってから、私は変わり始めている。

●九月十九日

四連休が始まるも今日の予定はなく、私は部屋でだらけていた。ここ数日ポスターのことで慌ただしかったので疲れていて、何もする気がない。

時計を見ればまだ午前中。今頃、鷺山は実家に向かっているのだろうか。その日のうちに帰ると言っていたけれど、彼が一人暮らしをしている裏に隠されていた複雑な家庭環境を知って心配になる。連絡先を交換していればよかったと考えても今さら遅い。

「……変なやつ」

その姿を頭に思い浮かべて独りごちる。枕に顔を埋めれば、シャンプーの香りに包まれた。

鷺山は、変だ。それは間違いなく。

自他共に認めるストーカーで私を観察している。顔を合わせたのは初めてなのに告白をする。私が他人を寄せ付けないようにしているのを知っても好きだと言う。ネーミングセンスはおかしいし、前髪は長いし、スタイルの良さをぶち壊す猫背っぷり。社交的と本人は言うけれど周りの評価は真逆。感情を表にあまり出さなくて、篠原にはロボットなんて言われていた。本人は冗談を言えるというけれど、冗談が苦手。

知り合ってから今日までを思い返して苦笑した。これらの要素をまとめれば変人という言葉がしっくりくる。

でも――鷺山に生きてほしいと、今は思う。うさぎのゲンちゃんだって寂しがる。救急救命士になる夢だってある。

鷺山の未来が失われることは、嫌だ。

「二十二日までにできること、他にないのかな」

だらけている自分が情けなくなって起き上がる。私にできることはまだあるかもしれない。

ノートを手に取り、これまでしたことや当日起きることをまとめていく。些細な出来事でもいいから、未来が変わるきっかけを掴めるように。

そこで肝試しのことを思い出した。あれは未来には関係のないものだけれど、明日行われる一年生主催の肝試しは嫌な気持ちになる。くだらない幽霊話を信じて飼育小屋付近を踏み荒らすことは許せなかった。

できることなら止めたい。今までの私なら、説明しても誰が信じてくれるものかと諦めていたと思う。でも今は違う。

『僕は香澄さんを信じます。幽霊はいません。でも幽霊を作ることはできる』

初めて、私の話を信じてくれた人。鷺山がいたから、今の私にはたくさんの人がいる。藤野さんに古手川さん、篠原といった仲間たち。

私が皆を頼ったら。皆と一緒ならできると信じたのなら。肝試しを阻止できるだろうか。

考えて、考えて。頭を使えば眠くなる。机に突っ伏して目を閉じた。


頭がぼんやりとする。

ここは兎ヶ丘小学校の飼育小屋で、私は昔と同じようにうさぎたちの世話をしている。もう閉鎖された場所だから、私は夢を見ているのだと直感した。

『こんにちは』

誰かに声をかけられて振り返る。そこにいたのは黒髪おさげと白い肌の特徴的の『彼女』だった。大きな瞳がじっと私を捉えて、穏やかに細められる。

『なにしてるの？』

『飼育委員だから、小屋の掃除してるの』

『ふうん。ねえ、うさぎさん触ってもいい？」

私は頷いて、金網《かなあみ》の扉を開けた。彼女は柔らかく透き通るような声で『ありがとう』とお礼を告げて、こちらに入りこむ。

飼育小屋の庭には三匹のうさぎたちが出ていた。その中でも彼女が気に入ったのは白とブルーグレーのマーブル模様のうさぎだった。

『この子のなまえは？』

『ユメだよ」

『ユメ！　わあ、うれしい！』

彼女のように、昼休みや放課後に飼育小屋を訪れてうさぎを撫でにくる子はいる。ユメも撫でられることに慣れていて、嬉しそうに体を平たく伸ばしていた。

他のうさぎたちも撫でていたけれど彼女のお気に入りはユメだった。何やら楽しそうに話しかけている。

『うさぎ好きなの？』

『うん。こういうの、本でしか見たことなかったから』

『本だけ？　学校は？』

『行っちゃだめだったの』

『ふうん』

『でもね。これからはお外でたくさん遊べるよって言ってた。だからこれからもここに来ていい？』

『いいよ』

放課後なら飼育小屋に飼育委員や先生がいるから、誰かが彼女のために扉を開けてくれるだろう。そう思って言ったのだ。

けれど彼女の目的はユメだけではなかったらしい。ユメを撫でていた手が今度は私の手に触れる。握手だ。しっかりと、感触がある。温かい。生きている。

『うれしい。あなたと友達になりたいから、お名前教えて』

『鬼塚香澄だよ』

『うん！　香澄ちゃんだね』

当時の私は、クラスに友達がいた。人を遠ざけることはしていなかった。友達がまた一人増えることが嬉しくて、私は彼女の名前を聞いていた。

『なんて呼んだらいい？』

『わたしはね――』

唇が動く。少し顔色の悪い肌でぽってりと浮いた紅色の唇が、名を紡いだ。

『えこちゃんって呼んで』

そこで目が覚めた。机に突っ伏していたため、汗をかいた額にノートが張り付いている。呼吸が少し荒いのは、夢のせいだ。目が覚めても、頭に焼き付いたかのように消えてくれない。

彼女の名前なんて大切なことを、どうして忘れていたのだろう。夢は記憶の整理だと聞いたことがあるけれど、それが大事なものを思い出させてくれた。

兎ヶ丘小学校の幽霊と噂される存在。

幽霊として作られてしまった子で、私の友達。

「えこちゃん。そう、えこちゃんだった」

彼女の名前はえこちゃん。

第三章　月を見上げてうさぎ鳴く

●九月二十日

三日間の月鳴神社例大祭がついに始まった。

「本当にすみませんでした」

「いえ。すぐに見つかってよかったです」

祭り囃子で騒がしい夜。

迷子を捜しにきた母親が何度もお辞儀をしていた。母親の手の先には、浴衣《ゆかた》を着た女の子。先ほどまでわんわん泣いていたのに今やけろりと笑顔になっている。

守り隊が待機するテントの前を泣いている女の子が通り過ぎ、迷子だと気づいたのは少し前のこと。一緒に待っているうちに母親がやってきて合流、何事もなく迷子は解決した。私はほっと胸をなで下ろして、女の子に手を振る。

「今度ははぐれないようにね」

「またね、おねえちゃん」

その姿が旧道に溢れる人混みの中へ消えていく。

見送ってからテントに戻ると、守り隊の二年生数人と古手川さん、ハナ先生がいた。

先生はにかっと笑って、私の肩を叩く。

「おつかれさん。解決してよかったね」

「おかげさまで、子供の泣き声はしばらく聞きたくないです」

私がひねくれたことを言ったからか、ハナ先生が肩を小突いた。

「そういうこと言わないの。もうすぐ二年のB組とC組は休憩時間だから、息抜きしといで」

守り隊はいくつかのグループに分かれていて、それぞれ休憩が取れるようにしている。せっかくのお祭りだから見て回れるようにとハナ先生が気遣ってくれたのだろう。

一年生グループから順番で休憩に入って、次は私がいる二年B組とC組のグループだ。

あたりはすっかり暗くなっていて、夜風は涼しくなってきた。テント前を通る浴衣《ゆかた》姿の女性が涼しそうに見えて羨ましい。

私たちが使っている町内会本部のテントにはスポーツドリンクの入ったウォータージャグの他、緊急時に使う道具が置いてあった。本部連絡用の無線にハンドスピーカー、ＡＥＤに医療品。誘導棒は篠原が振ってみたいと駄々をこねていたけれど、当然阻止された。

明後日は町内会の人もここを使うため整理整頓してある。守り隊の出番がない暇な時はこれらの道具を使いやすいよう並べ直して時間を潰していた。

「――確かおじいさんは町内会役員だったよね？」

ハナ先生と古手川さんの会話が聞こえた。先生の問いかけに古手川さんが頷いている。

「生前は副会長でした。祖父はハナ先生のことも知っていましたよ」

「やだねえ。いい話でてこなかったでしょ？」

「高校生を束ねて地域に溶けこもうとする姿勢に感謝していましたね。地元のことも考えるいい先生だって褒めていましたよ」

「そう言ってくれると嬉しいねえ……」

古手川さんの祖父とハナ先生は面識があるのだろう。亡くなっていることはハナ先生も知っているようだった。

私はちらりと二人の方を見る。幽霊に存在してほしくないと古手川さんが語ったその理由は、亡くなった祖父への後悔にある。だから、あの時話していたように悲愴に満ちた表情をしているのではないかと心配していた。

けれど、違った。古手川さんはハナ先生に向けて微笑んでいる。

「……でも、祖父のおかげでやりたいことが見つかったんです」

その明るい声音に、私だけでなくハナ先生も驚いた顔をしていた。

「私、将来は看護師になりたいって思っています」

「へえ。看護師か」

「祖父の時は何もできなかったので、今度は自分が誰かを助けられるようになりたい。そう思ったんです。まずは勉強を頑張らないといけませんが」

「大丈夫だよ。目標があることが大事。人はいつ変わるかわからない——ねえ鬼塚さん？」

急に話を振られ、二人の視線がこちらに向く。盗み聞きしていたことがバレたような気まずさで、私は苦笑いをすることしかできなかった。

「ここ最近で変わった生徒といえば鬼塚さんだからねえ。鬼塚鷺山コンビに驚かされているんだよ。職員室でもあんたたちの話題で持ちきりでね、特にイノ先生なんて大騒ぎさ」

「うわ。人を話の種にしないでください」

「今年の守り隊は鬼塚鷺山コンビに引っ張られているんだからね。期待してるよ」

そう話していると見回り兼ゴミ拾いに出ていた二年生たちが戻ってきた。

「もー、目の前でたこ焼きのパック捨ててるやつがいたよ。しかもうちの家の前なの！　最悪！」

むすっとしているのは藤野さんだった。半透明のゴミ袋には縁日《えんにち》で使うプラスチックの容器が多い。

その後ろから現れたのは、パンパンに膨らんだゴミ袋を手にした鷺山だった。持っているゴミ袋から不思議なブリキ人形の首が飛び出ている。いったいどこで見つけてきたのだろう。神社のゴミ拾いでもそうだったけれど、鷺山はゴミを探すのが得意なのかもしれない。

「先生。この人形はどうしましょう」

鷺山が聞いた。篠原はその隣で「なんでこんなの見つけるんだよ」と腹を抱えて笑っている。

「燃えないゴミにしておこうか。しかし今年一番の大物だね。あんた、運がいいんじゃないかい？」

「ゴミを拾っただけで運がいいと言われても困ります」

ハナ先生の軽口をあっさりとかわして、鷺山はテントの奥へと歩いていく。どうやらテントの奥でゴミの仕分けをするようだ。私と古手川さんもついていく。

「ゴミの仕分け手伝うよ」

「助かるー。今年、量が多くて。旧道を一周する間に何本の割り箸拾ったかわからないよ」

声をかけると、仕分け中だった藤野さんや鷺山、篠原といった面々が顔をあげた。

皆、手袋をつけてゴミを仕分けていく。

私の隣では鷺山が淡々と作業を進めていた。鷺山のゴミ袋は謎のものがいっぱい入っているので面白い。それらの仕分けを手伝っていると、鷺山の手がとまり、こちらに向いた。

「ポスター、目立っていますね」

「そうなの？」

その言葉に、私も手を止めてポスターを確かめる。ポスターは守り隊テントの近くに掲示されていてここから見える。ここに貼ってあるのは飲み過ぎ注意と鷺山の目をモデルにした防犯がテーマのポスターだ。他の二枚は旧道の公園入り口に貼ってある。

「特に目のやつは、わざわざ立ち止まって見ている人もいるぐらいです」

「あれ目立つよねえ。うちの家からも見える」

藤野さんが頷いた。藤野さんの家は、このテントの斜め向かいだ。

「一階に居間があるんだけど。窓開けたらポスターが気になっちゃって。なんだか、じとーっと見られてるみたい。ね、鷺山？」

「……僕はそんなつもりないのですが」

「あのモデルが鷺山くんだって知っているのは私たちだけね」

くすくすと笑う古手川さんにつられて、私も笑った。鷺山だけは気まずそうにしていたけれど。

そこで篠原がにやりと笑って藤野さんに声をかけた。

「じゃ、来年は俺をモデルに書く？　んでここに貼れば、藤野の家から見えるだろ？」

「やだ。パス。そもそも三年生は守り隊参加できないでしょ。受験あるし」

「ま、そうだよなあ」

「それに、篠原の目になったら祟《たた》られそうで嫌」

「それひどくね⁉」

「まあまあ二人とも」

剣道部組が騒ぎ始め、古手川さんが仲裁《ちゅうさい》に入る。それを遠巻きに眺めながら、私は鷺山の作業を手伝う。他二人は仕分けがほとんど終わっているのに対し、鷺山はなかなか終わりそうになかった。

それにしても、鷺山は不思議なゴミばかり見つけてくる。もしかすると彼の観察眼が生かされているのだろうか。日頃から、物事を細部までじっくり見ている人だから、見逃しやすいゴミにも気づくのかもしれない。

「鷺山って不思議だよね」

「よく言われますが自分ではわかりません」

「変わってる。不思議。私と違う」

「違うのは当たり前のことだと思いますが」

ぐるぐると巻き付いた針金の束。こんなのどこで見つけてきたのだろう。旧道の隅をじっと見つめる鷺山の姿が想像できて笑いそうになった。

不思議だ。隣にいるだけで勇気がわいてくる。今まで嫌だと思っていたことも信じられなかったことも、ぜんぶひっくり返る。

「鷺山と一緒にいると何でもできる気がしてくる」

「意味がよくわかりません」

「独り言。気にしないで」

彼は理解できないと首を傾げながら、袋から最後のゴミを取り出す。火ばさみで掴んだそれを燃えるゴミの袋に入れて終わりだ。

作業が終わったのを見て、私は立ち上がる。三人が話しているところへ向かって、思い浮かべていた言葉を発した。

「お願いがあるの」

三人そして私についてきた鷺山も一斉に、こちらへ視線を向ける。注目を浴びる中で、私は深く頭を下げた。

「兎ヶ丘小学校の肝試しを中止にしたい。皆の力を貸してもらえませんか」

言い終えても誰も言葉を発しなかった。五人の間は静まって、旧道の騒ぎ声しか聞こえない。静かな場を切り裂くように唇を動かしたのは古手川さんだった。

「私も、そうしたいと思ってた。肝試しはダメだよ、学校に忍び込むなんてよくない」

続いて藤野さんも頷く。力を貸してもらえるかと不安になっていた私を宥《なだ》めるように、優しい笑顔を浮かべていた。

「そうそう。うちも、辞めさせた方がいいと思う！　そんな畏《かしこ》まって言わなくたって協力するよ！」

「幽霊出るかもってのに、藤野も行くのかよ」

「行くよ。怖くないもん。幽霊はいないって鬼塚さんに教えてもらったから」

「まじかよ……」

「篠原は来なくていいよ」

「まあ……俺も行くけど」

篠原は自分の意思というよりは別の思惑によって流されているような雰囲気だけれど、それでも肝試し中止に飛びこむ仲間が増えたのは心強い。

「ありがとう。助かる」

それから、私は鷺山を見る。

「鷺山はどうする？」

「僕は……」

鷺山は驚いているような、少し悲しそうな、とにかく複雑な表情をしていた。彼にしては珍しく、それがはっきりと顔に出ている。

「無理しなくていいよ。残っていいから」

「いえ。大丈夫です」

いつもなら『香澄さんが行くなら』なんて言いそうなところを、今日は鈍い反応だ。

鷺山の様子は気になりつつも、メンバーが決まったところで作戦会議が始まる。

ちょうど私たちの休憩時間が肝試しの集合時間と重なっている。幸いなことに肝試しの集合場所や開始地点はプリントを見せてもらったので覚えていた。

「それで。どうやって中止させるんですか？」

「そうだね……」

提案したのは私だけれどプランはない。直接その場に行って、主催の子を説得することしか考えていなかった。

しかし、私が守り隊一年生の子と言い争ったように、今回だってすんなりわかってくれると思えない。噂話を信じる一年生たちとしては、頑張って計画してきたイベントを中止にしたくないだろう。

「警察を呼ぶのは?」

意見を出したのは古手川さんだった。

「この時間の小学校は門を閉めているから、不法侵入になると思うの。警察を呼んじゃえばどうかしら」

「待って。それ困る」

そこへ藤野さんが慌てて声をあげる。

「私事で申し訳ないんだけど、主催の一人に剣道部の子がいるからさ……大事になると部活に影響出ちゃいそうで、関係ない子まで部活できなくなったら嫌だなって」

五人の中で剣道部組といえば藤野さんと篠原だ。その篠原も渋い顔をしている。

「……剣道部顧問、そういうのうるせーからな」

「いっそのこと顧問を呼び出す? 一喝したら諦めるんじゃない?」

「藤野は顧問の連絡先知ってんの?」

「知らない」

「じゃあ無理だろ」

ここにいる先生はハナ先生だけ。そのハナ先生だって守り隊の仕事があるから抜けることはできない。となれば別方面からの説得しかない。

「んで、肝試しって何するの？　飼育小屋の周りを通っておしまい？」

藤野さんの問いかけに篠原が答えた。

「後輩から聞いた話だと、参加者で二、三人のグループを作って兎ヶ丘小学校のグラウンドを回るらしいぜ。裏門を登って中に入るってさ」

「篠原、詳しいね」

「後輩と話す機会あったから」

篠原にしては珍しく言葉を濁していると思った。あまり触れられたくないのかもしれない。しかし藤野さんがニヤリと意地悪く微笑んで割りこんだ。

「あーはいはい、救命講習の時ね。篠原、頑張ってたもんねえ？」

「あれは事故だっつーの」

慌てたところで藤野さんは止まらない。私と古手川さんの方を見ながら、篠原の隠し事を明かす。

「聞いて聞いて。こないだ剣道部で救命講習っての受けたんだけど、篠原が一年生の子と同じグループになってさ。んで——」

「ば、馬鹿！　やめろって！」

「えー、いいじゃん。講習受けてる時にふざけて遊んでるのが悪いんでしょ。篠原がペンギン柄のパンツ穿いてたことぐらい——」

「言うなって！」

ペンギン柄のパンツを穿いていたぐらいでそこまで照れなくてもいいと思うが、篠原の慌てぶりを見るに面白くない出来事だったのだろう。もしかすると、別のところに照れる要素があるのかもしれないが。

「とにかく！　その講習で同じグループだったから話してたんだよ」

「他に覚えてることない？」

「飼育小屋の横にうさぎの墓があるじゃん？　その墓を掘り返して確かめるとか言ってたな」

それを聞くなり、私はかっと目を見開いた。

うさぎの墓とはユメの墓である。飼育小屋を抜け出して死んでしまったユメは、当時の飼育委員の先生によって飼育小屋の横に埋葬《まいそう》された。そこに大きめの石を置いて、ユメの名前を書いてくれたことを覚えている。

「なんかそのうさぎが、幽霊に祟《たた》られて死んだただの呪い殺されただのって後輩が言ってたけどな。俺もよくわかんねー」

「違う。祟《たた》られてない」

苛立ち交じりに私が言い返す。篠原は聞いたことをそのまま話しているだけで、私が怒ったところでどうしようもないとわかっているけど。

「小学校への不法侵入だけでなくユメの墓も荒らすのはよくないと思います。止めましょう」

鷺山が冷静に呟いた。それに呼応して、藤野さんや篠原が頷く。

けれど私は、鷺山の発言に違和感を抱いていた。

ユメといううさぎがいたことや、それが死んだことは話した。でもユメの墓があることは話していない。なぜうさぎの墓がユメのものであると知っているのか。私以外の人から聞いたのかもしれないので深く聞き出すことはできないけれど。

「写真を取って脅すのはどうかなあ?」

私が考えこんでいる間に、ポケットからスマートフォンを取り出した古手川さんが提案した。

「写真を学校なり警察に見せると話をしたら、やめてもらえないかな?」

このアイデアに異論を唱える者はいない。しかしそれは納得しているのではなく、他に良い案がないからだ。

皆の表情は重たく、果たしてそれがうまく行くのかと不安を抱いていた。

私たちは小学校裏門へと向かった。正門側は道路も大きく、例大祭に向かう人たちがいて普段よりも人通りが多い。裏門はというと、住宅街の外れと古い公園が近くにあるだけで人の気配は少ない。この裏門が肝試しの集合場所だった。

私たちが着いた時には二十人ほどが集まっていた。参加者の何人かが、裏門をよじ登っている。門は鍵がかかっているため開けられず、皆が登りやすいようにはしごがかけられていた。

そして。主催者がはしごを押さえ、参加者が門をよじ登ろうした瞬間――私たちは物陰から飛び出した。

「え？　藤野先輩と篠原先輩とそれから……」

突然現れた私たちを見て、集まっていた子たちはぽかんと口を開けていた。その隙に私がスマートフォンを向ける。カシャ、と撮影完了の音が響いた。

「不法侵入の現場、撮影完了。学校か警察に提出していい？」

「突然やってきて、何ですか？」

詰め寄ってきたのは数人の一年生だ。

私は、撮ったばかりの写真を見せながら言う。

「これ、兎ヶ丘小学校への不法侵入の証拠写真」

「はあ？　どうして撮るんですか？」

「肝試しをやめてほしいから。小学校や飼育小屋を荒らさないで」

この騒ぎに他の生徒たちも集まってくる。その中には剣道部の子もいた。藤野さんと篠原の姿を見て目を丸くして言う。

「藤野先輩に篠原先輩？　参加しないって言ってたんじゃゃ……」

「止めに来たの。やっぱさ、こういうのだめだよ」

「顧問に見つかる前に解散しねーと大事になるぞ」

大事になると聞いてざわざわと騒いでいる。それでも主催だろう子たちはまだ納得していないようだった。

「ちょっと入るだけだし、校舎までは行きませんから」

「先輩たちだって、飼育小屋の幽霊気になりません？　篠原先輩も藤野先輩も兎ヶ丘小学校出身じゃないっすか。祟《たた》られたうさぎの墓も、何があるのか確かめられるのは今夜だけですよ」

何とか私たちを説得して肝試しを続行しようとしているのだろう。その態度に苛立ち、不満をむきだしにして私は告げる。

「幽霊はいない。それでも確かめるってんなら、この写真を学校や警察に届けるよ」

そこで一歩前に出た一年生男子がいた。おそらく主催の中でもリーダー格の子だろう。こちらを鋭く睨みつけていた。

「先輩面するんじゃねぇよ。空気読めねーのか」

「空気を読むのはあんたたちでしょ。この写真、届けていいの？」

眉間にぐっと皺を寄せ舌打ちがひとつ。怒声と共に、彼の手が素早く動いた。

「正義ぶってんじゃねーよ！」

「……っ」

狙うは私のスマートフォン。証拠写真を奪おうと考えたのだろう。慌てて手に力を込めたので奪われずに済んだものの、私も相手も手を離さない。お互いにスマートフォンを引っ張り合う膠着状態《こうちゃくじょうたい》となった。これがポスターなら間違いなく破れている。

「離して」

「あ？　しらねーよ、さっさと画像消せって」

「あんたたちが肝試しをやめるなら画像は消す。だから肝試しを中止に――」

「うるせーな！」

スマートフォンに込められていた力が急に抜ける。先ほどまでこちらに伸びていた手は、今は宙に掲げられていた。

その手が何を意味するのか理解する前に、古手川さんの悲鳴が聞こえた。

「鬼塚さん！」

男子の手が、風を纏って振り下ろされる。頬を叩かれるのか、それとも殴られるのか。これから受けるだろう痛みを察して、ぎゅっと強く目を瞑《つぶ》った。

けれど。

「待ってください」

平手打ちの音も痛みもなく。聞こえたのは淡々とした鷺山の声。

見れば、鷺山が男子の手を掴んで止めていた。落ち着いた様子で私たちの間に割って入り、それから――

「お願いします。肝試しを中止してください」

深く頭を下げていた。脅すでも怒るでもなく、懇願《こんがん》。

怒気が過熱した夏の夜に彼だけは冷静だった。その行動に鷺山除く全員が呆気にとられている。

「ここに幽霊はいません。幽霊の噂は嘘です。うさぎの墓も、そこにいるのは不運に亡くなってしまった飼育小屋のうさぎが眠っているだけです」

「……は？　なんでそんなこと言えんだよ」

「僕は、知っているからです」

水を打ったような静けさが広がる。

鷺山の声音が真剣なものだったから余計に聞き入っていた。

「本当に幽霊はいません。ただ……この飼育小屋に通っていた人が、亡くなっただけです」

心臓が、どくりと跳ねた。

それは私が話した内容でもあるけれど、それだけではないと予感させた。

亡くなっている。その推測を、私は知らない。

私が話していたのは、幽霊と扱われた『彼女』と会っていたことだけ。けれど鷺山はその話の先を語っているのだ。弱々しい口調ではなく、断言するかのような強さで。

思考がざわざわとして落ち着かない。

たくさんの疑問が、聞きたいことがありすぎる。

それでもはっきりと頭に浮かぶのは、あの黒髪おさげの『彼女』。

「えこちゃん……」

ぽつりと呟くと鷺山が振り返った。

それから、にっこりと。その口元はぎこちないけれど優しい弧を描いた。それは初めて見る、鷺山の笑顔だ。彼の柔らかな微笑みは、心が温かくなるようで、どこか寂しい。

「亡くなって……いたの？」

鷺山に問いかける私の声は、震えていた。

だって、私は彼女にずっと会いたかったのに。会って、謝りたかったのに。突然その答えが鷺山から告げられてしまった。亡くなっていたという残酷な現実と共に。

「幽霊と語られた子は確かに存在して、すでに亡くなりました。でも幽霊にならないと信じています。いや、そうでないと困ります。彼女は人を怖がらせ、祟《たた》ることを望む人ではありません。通うことに憧れていたこの小学校で騒いでいては、きっと悲しみます」

ここにいるのは私の知らない鷺山悠人だ。

だからここにいる人が別人のように思えて、寂しくてたまらない。

どうして、あんたが知っているの。

どうして、微笑んでいるの。

どうして、微笑んでいるのに、泣きそうなの。

混乱する中、鷺山の背がゆっくりと曲がっていく。再び、深く頭を下げた。

「お願いします。眠らせてあげてください。ここに幽霊はいません」

ぽた、と何かが落ちた。彼が頭を下げているその地面に、小学校の外灯に照らされて小さな濡れた跡がある。晴れているのに、一粒だけ落ちてきた雨粒だ。それは彼からこぼれ落ちたのだと思う。

私も、古手川さんも藤野さんも篠原も。皆が固まっていたのは、鷺山が嘘をつくような器用な人間ではないと知っているから。語ったことは真実なのだと私たちの沈黙が証明する。

その沈痛な空気は、鷺山について深く知らない一年生にも伝わっていた。

「……はあ」

観念したとばかり息をつき、リーダー格の子が参加者に声をかける。

「やめやめ。こんなんじゃ楽しくねーし」

「だなあ……なんだよ、幽霊話信じてたのに」

諦めてくれたのだ。それは望んでいたことのはずなのに、頭はすっきりしていない。心がずんと重たく濁っている。場を和《なご》ませるように藤野さんが手を叩いた。

「はいはい、解散するよー。大事になったら顧問のカミナリ落ちるからね」

「あの篠原先輩……今回のことって、顧問に言います？」

「未遂で終わっただろ？　内緒にしといてやるから、他の人に見つかる前に解散しとけ」

剣道部の子も藤野さんと篠原に頭を下げて去っていく。既に学校に侵入していた子たちも門を登って戻ってきた。

次々と去っていくのを眺めていると、リーダー格の子が申し訳なさそうな顔をして私の方に寄ってきた。

「さっきの画像なんすけど――」

「約束通り消しておく」

リーダー格の子は、私たちに一礼をして去っていった。

肝試しは中止になった。けれど、一つの疑問を残している。

「鷺山」

私が名を呼ぶと、鷺山の体がびくりと震えた。

「香澄さん……」

俯いていた顔がゆっくりと上がる。顔色がひどく悪い。足下はふらつき、呼吸も荒くなっていた。

私は慌てて鷺山に駆け寄る。鷺山は苦しそうな顔をしながらも、私に告げた。

「先ほどの話……幽霊がいないのは確かです。でも僕が……幽霊を作ってしまったんです」

「え？　それって――」

問いかけようとした瞬間、鷺山がうめき声をあげてその場にうずくまった呼気は荒く、苦しそうに顔を歪めている。

「すみません……少し、疲れました」

鷺山は自分の腕をぎゅっと強く掴んでいた。爪痕《つめあと》が残りそうなほど、指が食い込んでいる。

「……具合が悪いので、帰ります……先生に伝えておいてください」

「わかった、けど……私、送っていく」

「平気です、帰れますから」

そう言うと、鷺山は私たちに背を向け、足下を確かめるようなゆっくりとした速度で歩き出した。放っておけばどこかで倒れてしまいそうな状態なのに、一人で帰るというのだ。私はたまらずに彼を引き止める。

「鷺山、待って」

「一人にしてください」

返ってきたのは背を向けたままの拒絶の言葉。これ以上距離を詰められないと悟り、私はその場に立ちすくむ。

見慣れた猫背。

けれど今日は、丸まった彼の背に重たいものがのし掛かっているように見えた。

●九月二十一日

憂鬱《ゆううつ》だ。こうも気分が晴れないのは鷺山のせいだ。肝試しは中止になったものの彼は宣言通り帰ってしまいそのままだ。

縮まったと思った距離が急に開いたことでもやもやとした気持ちが渦巻いている。

えこちゃんを鷺山が知っていることも、気になってたまらない。

事件発生日が明日に迫るという不安、焦燥感《しょうそうかん》。たくさんの疑問。おかげさまでなかなか寝付けなかった。

あんな別れ方をしたのだから今日は守り隊も休むのかもしれないと覚悟していたけれど、集合時間きっちりに鷺山は現れた。

「昨日はご迷惑をおかけしました」

私や藤野さんたちに向けて頭を下げる鷺山は、よく知っている表情だった。昨日の姿は影を潜めている。

「心配したよー。もう大丈夫？」

「はい。ゆっくり休んだので」

確かに顔色は元に戻っている。それでも訝《いぶか》しんでいると、ハナ先生がやってきた。

昨日は、鷺山が帰ってしまったので私たちの口からハナ先生に報告した。肝試しのことは伏せて、具合が悪くなったとだけ伝えたのだ。先生も心配していたのだろう、その顔を覗きこんで言う。

「昨日はどうしたんだい？　体調悪いなら無理しなくていいんだよ」

「いえ。すっかり良くなったので。昨日は申し訳ありませんでした」

「治ったならいいけど……今度から具合が悪くなったら相談してよ。こっちも心配になるからさ」

「はい」

鷺山は淡々と答えて、守り隊テントのパイプ椅子に腰掛けた。具合が悪いからというより通常営業として腰掛けているように見える。

気まずさはありながらも、隣に座って様子を窺う。鷺山は守り隊の行動スケジュールを書いたプリントを確認していた。視線はプリントに残したまま、唇が動く。

「香澄さん。今日の休憩時間は予定ありますか？」

「ないよ」

「一緒にお祭りを回りませんか？」

「それなら藤野さんたちにも声をかけ――」

私だけでなく、他の三人も誘うのだと解釈していた。けれど鷺山が遮る。

「違います」

「え？」

「香澄さんと二人で、お祭りに行きたいです」

二人で。その言葉に恥じらいが生じて、私は俯いた。

でも誰かと一緒にお祭りを見るのだとしたら、相手は鷺山がいい。藤野さんや古川さんとも親しくなったけれど、彼は別格だ。隣にいると妙な安心感があって、たとえ無言でも息苦しくならない。

「……うん。わかった」

「あと明日のこと、覚えてますか？」

明日のこととは、いつぞや私がポスターを破ってしまったお詫びとして決まったデートのことだ。二十二日は事件が起きる日だけれど、デートがあると思えば楽しみな気持ちもある。待ち遠しいような嫌なような複雑な気持ちだ。

「覚えてる。どこに行く？」

「行き先は、僕が決めてもいいですか？」

「いいよ。鷺山の好きなところに行こう」

「では、僕に任せてください。休憩時間もよろしくお願いします」

抑揚《よくよう》は少なめで早口に語るものだから業務連絡みたいだ。デートの約束ってこんなに淡泊《たんぱく》なのだろうか。前例がないのでさっぱりわからない。

その話がまとまったところで藤野さんたち三人がやってきた。

「ねー、鬼塚さん。今日の休憩時間って用事ある？」

鷺山との会話が聞こえていたのかと疑うほどタイムリーな質問だった。鷺山は二人がいいと言っていたのだから断らないと。私が「ごめん」と言いかけるより早く、鷺山が言った。

「香澄さんは、先約があるので無理です」

「は？」

藤野さんは目をぱちぱちと瞬かせて、私と鷺山を交互に見ていた。

そりゃ私に声をかけたのに鷺山が答えるのだから驚くのも無理はない。何かを察したらしい古手川さんが「仕方ないね」と穏やかに頷き、篠原はなぜかがっくりとうなだれていた。

「はあ……鷺山ってすげーな。行動力ありすぎ。俺、お前を尊敬するわ……」

「どうして僕が篠原くんに尊敬されるのかわかりません」

鷺山はぴんときていない様子だった。篠原はちらりと藤野さんの方を見ていたけれど、その視線にどういう意図があるのかは私にもわからない。

「んー。まあいいけど……あ、連絡先の交換しようよ」

休憩時間の誘いを諦めた藤野さんがスマートフォンを取り出す。

「うち、鬼塚さんと鷺山の連絡先知らないからさー。守り隊をきっかけに仲良くしよ。皆のこともっと知りたいしさ」

「あ、私も！　鬼塚さんの連絡先を知りたかったの」

こうしてそれぞれの連絡先交換が始まった。私と三人のスマートフォンが長机に並ぶ。一台足りないと見やれば、鷺山はぽかんとして長机を眺めていた。

「鷺山は？　スマートフォン忘れたとか？」

「いえ。持ってきていますが……交換する必要があるのかと考えていました」

言い終えてから「あと一日なので」と密やかな呟きを残して、鷺山は動かなかった。場に水を差すような発言だったが、篠原はぐいと長机に身を乗り出して鷺山に迫った。

「いやいや。俺も鷺山と話したいんだって」

「篠原くんがどうして僕と話したいのでしょうか。用事があるのなら今どうぞ」

「相談だよ、男の相談！　俺が鷺山に興味あるの！　だから仲良くしてくれって！」

「いえ。僕は男性に興味ないので」

篠原が哀れになるほど振られまくりだ。相手が鷺山という斜め上思考のくせに直球しか投げない男だからたちが悪い。古手川さんと藤野さんも笑いを堪えている。

「あー、もういい。鷺山、スマホ出して」

「はい」

言われるがまま、鷺山はスマートフォンを取り出した。連絡先の交換を受け入れたのではなく、出せと言われたから取り出したのだろう。

篠原は「スマホ借りるから」と短く言って、鷺山のスマートフォンを操作する。あっという間に二人の連絡先交換が終わった。

「あ、私も」

私も鷺山の連絡先を知らない。今のうちにと私も鷺山のスマートフォンを借りて登録する。

私が終われば次は藤野さん、古手川さんと続く。

鷺山の連絡先は皆の人気者となっていたが、当の本人は喜ぶことも驚くこともなくそれを眺めているだけだった。


休憩時間に入って、私と鷺山はテントを出た。

お祭りを回ると言っていたけれど、守り隊のゴミ拾いや見回りで旧道を何周も歩いたので、屋台の位置は覚えている。たこ焼きを買うなら入り口近くのお店、チョコバナナを買うなら出口から数えて二番目にあるお店が美味しそうだと思った。

まずは月鳴神社から離れるように、旧道出口方面へと歩いていく。日が沈んで提《ちょう》灯《ちん》の明かりが眩しい。振り返れば旧道の流れを示すように点々と赤い光が点いている。明るいというよりはどこか切ないお祭りの明かりだ。

「気になるお店はありますか？」

「んー……」

ハナ先生が全員分の焼きそばを差し入れてくれたので、そこまでお腹が減っていない。軽くつまむ程度なら食べられるけど、他のものがいい。例えば記念に残るようなものを買うとか。

「鷺山は？　お祭りで何の屋台が好き？」

「特にないですね」

「射的《しゃてき》とか得意そう」

鷺山なら動き回る金魚を狙うよりも、止まっている的を冷静に狙う方が得意だろうと思った。しかし鷺山の反応は薄かった。

「やったことがないので、わかりません」

「ないの？」

「幼い頃はお祭りに来たことがありました。射的《しゃてき》をやりたいと強請《ねだ》ったら『ライフルが重たいから大きくなってからやろうね』と言われて、そのままです」

そう話す鷺山は私よりも背が高い。銃ぐらい余裕で持てると思うけれど。違和感を抱いていると、付け加えるように鷺山が言った。

「ある程度大きくなった頃には、お祭りに来ることがなくなったので」

「あー、なるほど。複雑な家庭環境」

「察していただけて助かります。なのでお祭りに来るのは幼い頃以来ですね」

となれば。やってみるしかあるまい。この先に射的《しゃてき》の屋台があったはずだ。目的地を決めると私は鷺山の袖を掴んだ。

「じゃ、行こう。今日やってみよう」

「……あまり気が乗りませんが」

「いいから」

不満げな鷺山を引っ張って歩くと、すぐに屋台が見えてきた。

幸いそこまで混んでいないので、射的用《しゃてきよう》のライフルも空いている。屋台のおじさんにお金を払ってコルク玉を五発もらい、鷺山に渡した。

「この小さい玉で、あの大きな人形を落とせるんですか」

「大物を狙わなくてもいいから。小さい景品でもいいよ」

射的《しゃてき》をやるのが初めてと言っていたのは本当だったようで、玉を詰める動きもぎこちない。軽くしか押しこまない様子を見かねて手助けに入った。確かきっちりと詰めないと勢いが増さないはず。コルクを強く押しこみながら鷺山に聞く。

「賭けようよ。景品をどれか一つでも取れたら、明日は生きてるってことで」

「賭け事はよくないと思います」

「いいじゃん。本気で遊ぶための理由になるでしょ」

渋々ながらも鷺山は頷いた。その視線が景品棚に向けられる。右から左へとじっくり眺めているようだが、標的が決まらないのか苦笑いをした。

「……正直、難しいです」

「取りやすいやつでいいから」

「取りやすいもの……」

ぶつぶつと呟き、ついに鷺山がライフルを構えた。

ぱん、と乾いた音がする。放たれた玉は小さいテディベアをかすめて落ちていった。

取りやすいもの、と言ったのに。小さいとはいえあのぬいぐるみは難しそうだ。それなら隣にあるキャラメルの箱の方が落ちやすそうに見える。

再び鷺山がライフルを構えた。一発目で照準《しょうじゅん》のずれを把握したのか、二発目はきっちりテディベアの足に当てた。けれど少し後ろに下がっただけで、テディベアが落ちてくることはない。

「難しいですね」

ぼそりと呟いて、三発目。今度も当たったけれど、テディベアは落ちない。少しずつ後ろに下がっているが残る玉は二発。

コツを掴んできたのか玉を詰めるのも上手になった。銃口《じゅうこう》にしっかり詰めてから、四発目。乾いた音と引き金を引いた反動で揺れる体。四発目の玉が景品棚に落ちていくのを確認して、鷺山は息をついた。

「……無理です」

残り一発を残しての白旗だ。テディベアはずれただけで、落ちることはなかった。

「まだ一発あるよ」

「いえ。僕では無理だと思います。だから――香澄さんが」

「他力本願じゃん」

「違いますよ。託しているだけです」

言い方を変えても降伏宣言に変わりはない。頑なにライフルを差し出してくるから渋々受け取った。私だって射的《しゃてき》が得意なわけではない。

けれど『景品が取れたら明日は生きてる』なんて余計なことを言ってしまったから、受け取らないわけにはいかない。鷺山が諦めてしまったのなら、私が落とす。

ライフルを受け取って最後の玉を詰める。簡単に取るのならお菓子の箱を狙えばいい。箱の上部、左右の角を狙うと落ちやすいと聞いたことがある。四発もテディベアを狙った鷺山には申し訳ないが、キャラメルの箱ならたぶん一発でいける。

構えて、照準《しょうじゅん》を合わせる。キャラメルの箱。そう決めたけれど、テディベアが気になった。微々たるものかもしれないけれど、何度も鷺山が打ち込んで位置を動かしたのだ。あと一発撃ちこめば、落ちるかもしれない。

迷いは断ち切れず、テディベアに照準《しょうじゅん》を合わせた。

そして、トリガーを引く。

はじき出されたコルク玉がテディベアの頭部に当たる。

狙いよりも少し上になった、けれど。

ぐらりと大きく後ろに傾き、そして――

「あ、落ちた」

こんな綺麗に落とせると思っていなかったから、間抜けな声が出た。

景品棚からテディベアの姿はなくなり、棚の下に落ちていく。

「見て。取れたよ」

「まさか取れるとは」

「頑張ればできるってこと」

「悔しいですがそうかもしれません」

呆然としていた反応を見るに、私にライフルを託したくせに景品が取れるとは想像していなかったのだろう。意表を突く結果が誇らしくて、私はにやりと笑う。

「はい。これ、景品ね」

射的屋《しゃてきや》のおじさんが青いテディベアのぬいぐるみを持ってきた。

奇跡のように落ちたテディベアは、間近に見るとストラップだった。スマートフォンにつけたら煩《わずら》わしそうなのでカバンがいいのかもしれない。

その景品を受け取り、鷺山に渡す。

「はい。鷺山の」

「香澄さんが落としたのに、僕がもらっていいんですか」

「何度も当てて位置をずらしてくれたから、私が落とせた。この結果になるよう積み上げたのは鷺山でしょ」

「ですが……」

「明日生きるって願掛けしてあるんだから、私よりあんたが持つべき」

男が持つにしては随分と可愛らしいテディベアだけれど、鷺山はぎゅっとそれを握りしめた。

「ありがとうございます。大事にします」

こういう時ぐらい微笑んだりすればいいのに、その反応はあっさりとしていた。

射的《しゃてき》の屋台を出て、今度は月鳴神社方面へと向かう。途中でジュースを買った。うさぎの形をしたプラスチック容器に入っていて、底のボタンを押すと光る。ストラップがついているので首から提げられる。ストローがあるので飲みやすくて便利だ。

私はいちごジュースで、鷺山はブルーハワイ味のジュースだ。私たちの胸元には赤いうさぎと青いうさぎがいる。仏頂面《ぶっちょうづら》で歩く鷺山に可愛い顔をしたうさぎはあまり似合っていないけれど。

「ねえ、あれ似合いそう」

視界に入ったお面を指で示す。流行りのキャラクターお面の他に、狐のお面やうさぎのお面もあった。たぶんうさぎのお面は、この地域名にうさぎが入るからだと思う。狐のお面に似て細目で赤く、耳が長く伸びていなかったらうさぎだとわからなかったかもしれない。

その中でも心惹かれたのは、赤い面に白い三日月の紋様《もんよう》が入ったものだった。その隣には白い面に赤い三日月が描かれたものもある。鷺山には白いのが似合うと思った。

「買おう」

即決する私だったが鷺山の反応は薄い。

「必要ですか?」

「いいじゃん。記念になるよ」

「前が見づらくなるのでは」

気乗りはしない様子だけど無視して鷺山を引っ張っていく。お面よりもその長い前髪の方が視界に影響を与えそうだけど——そこでふと思い出した。

「いいこと考えた」

うさぎのお面を二つ、色違いで買ってから屋台の端に行く。人通りを避けたところで私は鷺山に向き合った。

「目、瞑《つぶ》ってて」

「何をするんですか」

「いいから」

わけもわからず目を瞑《つぶ》った鷺山の額に手を伸ばす。長い前髪を持ち上げ、ポケットから取り出したヘアピンで留めれば、隠されていた額が露わになった。

守り隊の作業中に髪が煩《わずら》わしくなったら留めようと持ち歩いていたものだった。それがこんな形で役に立つとは。

前髪を留め終えて、お面をかぶせる。視界を遮らぬよう斜めにかけた。ついでにぼさぼさの髪も直しておく。

「できたよ」

ゆっくりと鷺山の瞼《まぶた》が持ち上がった。やっぱり綺麗な瞳だ。

「うん。似合う。鷺山は前髪を上げた方が格好いいよ」

「見やすい、ですね」

素直に感想を伝えると鷺山はそっぽを向いた。そしてぼそぼそと喋る。

「……ありがとうございます」

私もおそろいのお面をつける。鷺山は白で、私が赤。ただのプラスチックで出来たお面だとわかっているのに、同じものをつけている共通点が宝物のように感じた。

私たちの前を浴衣姿《ゆかたすがた》の女性が通り過ぎる。鷺山はそれを目で追っていた。

「浴衣《ゆかた》、ですね」

その女性が人混みに消えてから視線は私へと移る。

「浴衣《ゆかた》が好きなの？」

「特に好きというわけではありませんが、香澄さんが着ているところは見たかったです」

「言えばよかったのに」

「今日は守り隊があるので」

再び私たちは歩き出す。鷺山は少し残念そうな物言いをしていた。

確かに今日は浴衣《ゆかた》を着ることができなかった。ハナ先生も動きやすい服で来るようにと言っていたからその発想がなかった。そもそも家に浴衣《ゆかた》なんてものがあるのかもわからない。友達と縁日《えんにち》を回るなんて小学校三年生以来の出来事だから。

「生きていれば、また着る機会があるよ」

けれど鷺山は答えなかった。ちらりと盗み見た横顔は、明日で終わるのだと諦めているように感じて、私は言葉を続ける。

「やれることはやったと思う。ポスターだけ……かもしれないけど」

「そうですね。ポスターぐらいです」

「でも私は信じる。きっと死なない未来になる。藤野さんの家に泥棒《どろぼう》も入らない。明後日、私たちは普通通りに学校で会う」

屋台の波は途切れ途切れになって、遠くに月鳴神社の階段が見えてくる。階段には参拝客《さんぱいきゃく》のほか、階段に座りこんで休んでいる人もいた。人の流れに合わせて、私たちの行き先は神社になっていた。

「明日、僕は必ず死ぬと思います」

そこで聞こえたのは、感情の見えない抑揚《よくよう》のない声だ。

「どうして断言できるの?」

死なない未来を信じていると話したばかりなのに否定する。そんな鷺山にむっとして問いかける。けれど鷺山は再び口を閉ざし、答える様子はなかった。

私たちは無言で階段を上る。先ほどまで歩幅を合わせてくれていた鷺山は急に早足になって、私の前を行く。置いて行かれないよう、私は早足で階段を上った。

考えごとをしているのか黙々と先を歩く鷺山は境内《けいだい》の奥でようやく足を止めた。

それは、私と鷺山が初めて会った場所。

あの日、初めて声をかけられ、二人で予知を見た。

あの瞬間から始まったのだと思う。

見渡しても何もない。立ち入り禁止のテープと三角コーンがある。その向こうにある斜面は真っ暗で、近づいたらまた落ちてしまいそうだ。

お祭りの喧騒《けんそう》は遠くに離れて、ここは静かだから心地よい。

「……僕は明日、必ず死ぬのだと、信じています」

鷺山は私と向き合ってから切り出した。

「先ほど、どうして断言できるのかと聞いていましたが、それには理由があります」

ごくりと唾を呑んだのは私で、鷺山は詰めていた苦しみを解くように息を吐く。

静かで薄暗い場所に私たちしかいないから少しの動作もわかりやすくて、緊張感が増していく。

「僕は、ここで予知を見るのが二度目です」

二度目。それは予想もしていなかった話であるけれど、納得できるところもあった。あの未来予知を既に経験していたのなら、私との未来予知で鷺山が動じなかったことや冷静に周囲の観察ができていたのも理解できる。

「一度目は僕が小学生の頃です。月鳴神社にお参りにきて、未来を視ました」

「それは……どんな未来、だったの……」

「交通事故です」

鷺山は苦しそうに顔を歪めていた。その手が強く握りしめられている。きっと鷺山にとって思い出したくない嫌な話なのだろう。

「一度目の未来予知でも、僕たちが視たものと同じように、二つの未来が提示されました。それが予知だと気づかなかったので、軽い気持ちで未来を選んでしまいました」

「鷺山が生きる方の未来を選んだってこと？」

「はい。僕が生き残りました——信じてもらえなくても構いません」

私は、鷺山の言うことは真実だと思っている。今日まで、彼が嘘をついたことはない。だから予知を視るのが二度目というのは本当のことだろう。

「信じるよ。例大祭の予知の時、冷静に周りを見ていたでしょ。私はパニックだったけど鷺山は妙に落ち着いていたから不思議だった。でも二回目だからだってわかったら、冷静でいられたことも納得できる」

「そうですね。二度目だったからというのもありますが、香澄さんと予知を視た時は、自分でも驚くほど落ち着いていました」

ここからは遠い、お祭りの明かりに視線を移す。

「あなたが一緒だったので、絶対に助けると誓いました。だから自分にできる限りのことをする。そのために情報を集めようと必死でした」

「それって……やっぱり、私のことが好き、だから？」

「はい」

照れも恥じらいもなく、鷺山は即答して頷いた。

「一度目の予知で僕が生き残ってしまったのは、好きな人を生かすためだった。二度目の予知でそう気づきました」

手が、こちらに向けられる。穏やかに細めた瞳に、私が映っていた。

「明日、僕が死んでしまう前に、香澄さんと手を繋ぎたいです」

私はためらいなくその手を掴んだ。

もしも鷺山が明日死なないとしても、私は彼と手を繋ぎたいと思った。

でも、それを伝えても鷺山は喜ばないのだろう。彼の瞳は、最初から今日まで諦めだけを映しているから。

境内《けいだい》の奥を出て、旧道へと戻る。

「……香澄さん、ごめんなさい」

人混みを歩く中、彼が呟いた。

「僕が、幽霊を作ってしまったんです。あなたを苦しめた幽霊は、僕が作りました」

言葉の真意を問うことはできなかった。繋いだ指先はじわりと熱いくせに震えているから、鷺山はまだ苦しんでいるのかもしれない。

私たちの時間が減っていく。二十四時間も残っていない。

それが嫌で、嫌で、たまらない。

生きていてほしい。鷺山ともっと一緒にいたい。

気を抜けばその言葉が溢れてしまいそうだ。私が言っても、鷺山は悲しそうにするのだろう。彼は、死を受け入れているから。


守り隊の活動は終わった。最後はハナ先生と町内会の人たちから労いの言葉をもらって、慌ただしい二日間が幕を下ろす。

守り隊が解散しても、例大祭はまだ続く。

私と鷺山にとって大事な日は明日だ。

明日は鷺山と出かける予定だ。デートに着ていくのは一番お気に入りの服にした。とっくに用意してあるから寝る支度をするだけなのに、お祭りの熱気が抜けていなくて体が重たい。

ベッドにもたれかかっていると、スマートフォンが光った。無視したいほど疲れていたけれど手を伸ばす。液晶には篠原の名が表示されていた。

『明日の夜、守り隊で打ち上げ会しようって話あるんだけど』

「打ち上げ会ってなに」

『守り隊の人たちでお祭り回ろうぜ』

誘ってくれた篠原には申し訳ないが興味をそそられない。

壁に飾ったうさぎのお面を見る。お祭りなら鷺山と回ってしまった。二人でおそろいのお面をつけた時の高揚感を超えることは、たぶんない。

既読はつけたけれど返事に悩んだ。その間に、篠原からメッセージが届く。

『当日参加でもいいから考えといて』

話は終わりだ、とスマートフォンを手放そうとした時。再び画面が光った。

『それで、本題なんだけど』

「なに」

『前に鷺山の話をしたじゃん？　同じ小学校にいたかもってやつ。それで今日思い出したことあって』

それなら違うという結論が出ていたはず。篠原が言うとおり、もしも同じ小学校に通っていたのなら、今日までに教えてくれていただろう。

どういうことかと画面を睨みつける。自然と、眉間に力がこもった。

『あいつ、やっぱり同じ小学校だよ。でも名字が違う』

スマートフォンを持つ手が震えた。無機質な文字が、怖く思えて。

次のメッセージが届くまでの間が異様に長く思えた。きっと数秒だろうに、待ち遠しくてたまらなかった。画面が、光る。新着メッセージは短かった。

『江古田《えこだ》って名字だった』

江古田悠人《えこだゆうと》。

のぼせていた頭が、さっと冷えていく。体中の血が抜けていく錯覚がする。

その名前を聞いても同じ小学校に鷺山が通っていたことは思い出せなかったけれど、別の顔が浮かんでいた。

記憶にある、黒髪おさげの子。飼育小屋で出会った、私の友達。

『わたしはね、えこだゆめっていうの』

『なんて呼んだらいい?』

『えこちゃんって呼んで』

蘇る昔の記憶。幽霊と語られた子の、名前。

酸素が足りなくて、息が苦しい。どうして忘れていた。こんな大事なこと。

鷺山の名前。複雑な家庭環境。ぜんぶ、繋がっていたのに。

立ち上がろうとしたけれどうまくできずに膝をついた。足の力が入らない。絨毯に落ちる沁みから、自分が泣いているのだと気づいた。

なぜ教えてくれなかったのだろう。

えこちゃんのこと。鷺山の名字。同じ小学校だったこと。頭の中がどうしてでいっぱいだ。一人で考えたって解決できないから苦しくてたまらない。

今はただ、鷺山に会いたかった。

顔を合わせてもどうやって話を切り出せばいいのか浮かばない。もしかしたら何も言えないかもしれない。私は泣き出してしまうかもしれない。

でも、今は、鷺山に会いたい。

苦しいけど。会いたい。

●九月二十二日

待ち合わせ場所は、駅だった。シンプルに時間と場所だけの連絡がきて、五分前に着くように待ち合わせ場所へ向かう。駅の入り口では既に鷺山が待っていた。

「待った?」

「いえ。大丈夫です」

昨日の夜、篠原から聞いたことが頭に残っている。鷺山に会いたい反面、不安があった。けれどそこにいるのは普段通りの鷺山悠人だ。不安は影を潜めて、私もいつも通りに振る舞える。

待ち合わせ定番の言葉を交わしてから、切符を買う。ここから数駅離れたところに行くらしい。水族館と観覧車がある臨海公園で、家族連れやカップルがよく行く場所。

行き先は鷺山が決めると言っていたから、どこに行くのかと不安だったけれど、蓋を開けてみれば案外普通の場所だ。

「行き先は、臨海公園でいいの？」

「はい。水族館に行きたかったので」

「水族館が好きとか？」

「どうでしょう。ただ、死ぬ前にもう一度見たいと思った場所でした」

電車に揺られながら、鷺山は淡々と語る。

「一度来たことがあります。両親が離婚してすぐの頃、祖母がここに連れてきてくれました」

連休ということもあって電車は混んでいる。向かいの席には四人家族が座っていた。男の子と女の子は、お父さんお母さんの膝に座っている。鷺山の視線もそちらに向けられていた。

「本当は、家族で行く予定だったんです。それが叶わなくなり、母も約束どころではなくなりましたから、祖母が連れてきてくれました」

「優しいおばあちゃんだね」

「はい。ですが、母が再婚してすぐに亡くなりました」

その思い出の場所だから、死ぬ前に来たかったのか。

彼が切ない記憶を語るたびに胸がきゅっと締め付けられる。今日の死を受け入れているのだと再認識するような、つらい感情がこみ上げた。

「鷺山、手出して」

「はい。こうでしょうか？」

差し出された手を掴む。電車に横並びで座って、手を繋ぐ。周りの目が恥ずかしい気持ちもありつつ、でも温かな鷺山の手が生きているのだと伝えるようで心地よかった。

「今日は手を繋いでいこ」

鷺山は答えず、こちらに視線を向けることもしなかった。かすかに顔が赤い気がして、たぶん照れているのだと思う。

「今日は、ぜんぶ見よう。水族館も公園も」

「はい」

「たくさん話そう。鷺山のことも教えて」

「はい」

出会って十六日目。私たちの最後のデートが始まった。

臨海公園について水族館に入る。チケットは鷺山が用意してくれていた。

祝日ということもあって混んでいて、はぐれないよう手は繋いだまま薄暗い館内を進んだ。

「あ」

すぐに鷺山が声をあげた。勝手に歩き出したので私もついていく。

ぎりぎりまで照明を落とした館内の壁に水槽《すいそう》が埋め込まれ、ライトアップされてぼんやりと光っている。そのうちの一つに、鷺山の興味が向けられていた。

「ウニ?」

「とげとげしていますね」

「いや、そりゃ、見りゃわかるよ」

「一本一本が動いてます」

「うん。見りゃわかる」

ウニなんて珍しくもなんともないのに、鷺山はなぜか目をきらきらと輝かせている。棘が一本ずつ動いていると言われたって、その動きがスローだから眺めるのも疲れてくる。何が楽しいのだろう。

「紫色ですよ」

そんなの見ればわかる。紫色程度で感動する必要もない。鷺山の琴線《きんせん》に触れるものがいまいち掴みづらい。

ウニに興奮していたからトゲトゲ繋がりでハリセンボンを勧めてみたけれど、これにはたいして興味を示さなかった。

タコにイカ、海の魚たちを眺めて奥に進むと、水族館の目玉である巨大水槽《きょだいすいそう》が出てきた。

「これ、覚えてます」

ゆったりと泳ぐマグロを見上げて、鷺山が言った。きっとおばあちゃんと来た時に、ここも見たのだろう。穏やかな気持ちを噛みしめて頷く。

「マグロは眠らずに泳ぐんだそうです。不器用ですね」

「なんとなーく、鷺山に似てる」

「そうですか？　海の生き物に似ていると言われるのはさすがに複雑な気持ちです」

「外見じゃなくて、生き方？　不器用でまっすぐで、謎」

通り過ぎていくマグロが影を生む。泳いだあとに泡が残って、それは浮かんでどこかに消えた。

「それで言えば、香澄さんはウニですね」

「魚じゃないんだ？」

「触ったら痛そうな棘だらけで、人を遠ざけようとする。でも中身は美味しいじゃないですか」

「なるほどねえ。海の生き物に例えられると複雑ってこのことか」

ウニに似ているなんて、褒められているのか貶《けな》されているのかいまいち伝わらない。

でも鷺山が楽しそうに眺めていた生き物だから、前向きに考えておく。


水族館を出て、公園内にあるワゴンでサンドイッチとコーヒーを買った。時間はもうお昼を過ぎていて、遅い昼食だ。

様々なものを挟んだコッペパン専門店らしいワゴンで、私はベーコンとたまごのサンドイッチを、鷺山は白身魚のフライが入ったサンドイッチを選んだ。

水族館も公園も混んでいたけれど、ちょうどベンチが空いたところだったので座る。

冷えていた水族館と違って外は蒸し暑い。公園は広くて端の方からは海も見える。そっち側に行けばもう少し涼しかったかもしれない。

「水族館に行くと魚が食べたくなりますね」

「ならない。むしろ今はマグロとか食べられない気分」

鷺山は相変わらずマイペースだ。驚いたのは、彼がブラックのコーヒーを飲んでいること。私はブラックのコーヒーが苦手だ。あんな苦いものをどうして美味しいと思うのか不思議でたまらない。それを鷺山は平然と飲んでいたから驚いた。新しい一面を見つけた気分だ。

コーヒーを飲んでいる姿を観察していると、鷺山がこちらに気づいた。

「……何かありますか」

じっと見つめられていては飲みづらいのかもしれない。戸惑っている様子がおかしくて私は笑う。

「大人だなと思って。ブラックなんて苦くて飲めないよ」

「大人びているとよく言われますが、その理由がブラックコーヒーを飲めるからというのは初めてですね」

それからサンドイッチにかぶりつく。本人曰く、水族館のおかげで食べたいと思った白身魚のフライがさくっと小気味よい音を立てた。

それも眺めていると、鷺山が俯いた。

「あの……凝視《ぎょうし》されていると、食べにくいです」

「鷺山観察をしてるだけ」

「食事ぐらい放っておいてください。こう見えても、かなり緊張しているんです」

「そう？　私は鷺山と一緒にいるの慣れてきたけど」

緊張しているようには見えないし、たかがご飯ぐらい緊張しなくてもと思うけど。視線を外して、私もサンドイッチを包みから取り出す。コッペパンからはみ出すぐらい大きなベーコンだ。それを少し食べ進めたあたりで鷺山が言った。

「香澄さんは慣れたかもしれませんが、僕は慣れません。香澄さんと一緒にお昼を食べているなんて夢のようですから」

残念ながら夢ではなくて現実だ。それは鷺山もわかっていると思う。

「あなたと過ごす休日に憧れていたので、今も現実味がありません」

「そんな憧れるようなもんじゃないと思うけど」

「ずっと香澄さんのことが好きだったので、幸せです」

食事中の姿を見られるよりも、今の発言の方がよほど恥ずかしいと思う。それを聞く私でさえ顔がかっと熱くなった。

「その……好きってのは、恋愛感情として、だよね？」

「はい。それ以外の意味で使っていたら、軽薄《けいはく》な男じゃないですか」

よくわかっているじゃないか。それならば、これは本気として受け取っていいのか。疑うわけではないけれど、あっさりと好意を明かしてくるから受け取り方に困ってしまう。

「ずっと聞きたかったんだけど、私のどこが好きなの？」

言い終えてから、難しい質問をしてしまったのだと気づいた。

そしてものすごく恥ずかしい。

鷺山はじっくりと言葉を選んで、それから答えた。

「どこと言われると悩ましいですね。気がついたら目が離せなくなっていたので」

「九月七日が初対面だよね？　一緒に予知を見た日」

「それは僕と香澄さんが初めて言葉を交わした日です。僕はもっと前から、香澄さんのことを認識していました」

もっと前とは。頭に浮かんだのは彼の旧姓。

聞かなければ前に進めない。勇気を出して、それを口にした。

「……鷺山が、江古田だった頃から？」

不安と焦燥。心臓がどくどくと急いている。彼がどんな反応をするのか確かめるため、目が離せなかった。鷺山は、目を丸くして固まっていた。

「同級生の……江古田、だよね」

「どうしてそれを」

薄らとした唇の隙間から、無機質な声が落ちる。

「香澄さんは、その頃の僕を知らないと思っていました」

「篠原から聞いた。他のクラスに江古田って子がいて、途中で転校した――それは鷺山だよね？」

ついに鷺山がため息をついた。肩の力が抜けて、ベンチにもたれかかる。観念するように深く息をついて、言った。

「その通りです。僕は兎ヶ丘小学校に通っていて、当時の名字は江古田でした。転校は小学校三年生の途中ですね」

両親が離婚して、鷺山は母親に引き取られた。そこで『鷺山』になったのか、もしくは母親の再婚時か。ともかく名字の変移は納得がいった。

でも、鷺山も兎ヶ丘小学校に通っていたのなら、なぜ早く教えてくれなかったのだろう。それが腑《ふ》に落ちない。言い出す機会は何度もあったと思うのに。

「どうして教えてくれなかったの？」

「……それは」

鷺山は俯いた。

「少し勇気がいるので……食べ終わってからでもいいですか？」

その唇が動いたからどんな言葉がくるのかと構えていたら、マイペースな発言だった。緊張感ある中で昼食を優先するとは、さすが鷺山。

「うん。そうだよね、食事中だった」

「いえ。いつか聞かれることだと思っていたので……でも心の準備をさせてください。すみません」

歯切れは悪く、それをごまかすようにサンドイッチをかじる。私はというと、せっかくのパンも味気なく思えてしまっていた。焦らされている気分だ。

せっかくの大きなベーコンもいまいち味がわからない。ちらりと隣を見れば、鷺山は少し顔色が悪かった。

食べ終わって、園内を歩く。海辺の道は整備されていて綺麗だ。それに波音が心地よい。公園は貸し出し自転車があるらしく、海辺の道は自転車がよく通る。私たちは手を繋いだままで道の端を歩いた。

鷺山の手は冷えていた。きっと私の方が熱いのだろう。

「昔、ここも祖母と歩きました」

「うん」

「水族館の中は暗かったので祖母の表情はわかりませんでしたが、この道を歩いていた時、見上げた祖母の頬が濡れていて、泣いていることがわかりました」

遠くの方を眺めるまなざしは、切ない色を湛えていた。

「どうして泣いてたの？」

「僕の家族が壊れていくのがわかったんだと思います」

そこで言葉は途切れ、しばらくの間が空いた。繋いだ手がかすかに震えている。これから鷺山が語るだろうものは、彼にとって苦しい話なのだと察した。

そして、かき集めた勇気を吐き出すようにゆっくりと、告げる。

「僕には、一つ違いの姉がいました」

「え？」

「姉は、小学生になる直前に病気が判明し、入退院を繰り返したので学校に通うことができませんでした。両親は姉の世話で忙しく、家は余裕がない状態だったので、当時の楽しい思い出はあまりありません」

ぎゅっと、胸の奥が苦しくなる。

その姉が誰なのか、薄々わかってしまったから。

「姉は学校に行きたいと話していました。退院して自宅にいる間は、小学校まで散歩に行くのが楽しみだったようです。彼女のお気に入りは飼育小屋のうさぎでした」

「もしかして、そのお姉さんが、えこちゃん？」

鷺山は頷いた。

「はい。姉の名は江古田夢《えこだゆめ》です」

やはり、えこちゃんはいた。ずっと探していたあの子にたどり着けた気がして嬉しい。けれど、鷺山の表情は晴れなかった。

「僕が小学校三年生の時でした。姉の病状がよくなり、退院して学校に通っていいと宣告されました。姉は喜んでいて、飼育小屋で出会った友達と早く遊びたいと僕に話していました」

「その友達ってのが私だよね？」

「はい。姉が何度も話すので友達の名前を覚えてしまいました。それが香澄さんの名前でした」

「私の話をしてたんだ……遊べなかったこと、怒ってた？」

約束を破ってしまったことをえこちゃんはどう思っていたのか気になって鷺山を見る。彼が首を横に振ったので、少し安心した。

「怒るわけありませんよ。姉にとっての香澄さんは目標の一つです。学校に通って香澄さんに会うことを楽しみにしていましたから」

「……うん」

「でも……姉は、学校に通うことなく、亡くなりました」

鷺山の顔色が悪くなる。空いた手で苦しそうに胸元を押さえていた。

「大丈夫？」

「すみません。僕にとって……いい話ではないので……」

深く息を吸いこんで、それでも手の震えが止まらない。歩道沿いにベンチがあったので、私たちはそこに向かった。

腰掛けて落ち着いた頃に、再び話しはじめる。やはり具合は悪そうだった。

「姉が学校に通えると決まって、僕と姉は月鳴神社に行きました。姉の病気が再発しないことを祈るためです。でも——拝殿《はいでん》の前で予知を見てしまった」

鷺山は、今回の予知が二度目だと言っていた。

そして一度目に選んだ未来は鷺山が生きる未来だったとも。

その予知がどうなるのかは予想がつく。けれど、苦しみに歪んだ表情から、鷺山が後悔と戦っている気がしたから、私は彼が語るのを黙って待った。

「交通事故の未来でした。その時は未来の出来事だと気づかなかったので、二つの月が浮かび二つの未来が示されていてもピンと来なかった。けれど姉が笑って言ったんです。『大変な病気も乗り越えられたんだからこれぐらい平気だよ』って。それで姉が事故に遭う方の未来を選んでしまった」

彼の声は掠れている。背負うものの重たさに、潰れそうな声だ。

「未来予知の通りに姉は亡くなりました。その後、関係が悪くなった両親は離婚し、僕は母と暮らすことになりましたが、母は月鳴神社で見たことを話す僕を不気味だと思ったようです。僕は父似ですからそれも嫌だったのでしょう。それから母は僕を遠ざけるようになりました。事情を知っていた祖母だけは可愛がってくれたので、この臨海公園に連れてきてくれたんです」

臨海公園に来てから、鷺山はおばあちゃんの話をしていた。それは鷺山にとって唯一の楽しい思い出であるから、それを懐かしんでいたのだろう。

「その後は引っ越しをして、母が再婚し、僕の名字は鷺山になりました。実家に帰れば年の離れた弟がいますから、僕には興味がないようです」

「だから実家に帰るの、嫌そうだったんだ」

「そうですね。新しい家族を見ていると、僕が壊したものの大きさを再認識してしまうので。実家にいるよりも一人暮らしの方が気は楽です」

鷺山の感情が表に出づらい理由はここにあるのだろうか。月鳴神社で起きたことを話してても信じてもらえず、大切な場所は壊れ、心の拠り所となった祖母も亡くなり――どれだけ孤独だったのだろう。

想像しようとしたけれどできなかった。私が考える絶望じゃ、鷺山が背負うものに届かない。それだけこの人は傷ついてきたのだ。過去の話をするだけで手が震えて、具合が悪くなるほどに自分を責めて生きてきた。

そうして考えていると、鷺山がこちらに向き直った。

そして私に向かって頭を下げる。

「ごめんなさい。僕は選択を間違えてしまった」

彼は頭を下げたままで謝り続ける。

「僕はたくさんのものを壊してしまった。家族がバラバラになったのも、兎ヶ丘小学校に幽霊の噂を作ってしまったのも。そして……幽霊の話で深く傷ついた香澄さんも。ぜんぶ、僕のせいです」

「違う」

咄嗟《とっさ》に言い返し、鷺山の震える手を両手で覆う。鷺山が謝ることはないのだと伝えたくて、強く力を込めた。

「確かに幽霊の噂で傷ついたけど、それは鷺山のせいじゃない。悪いのは噂話を作った人だから」

「いえ。結果として、幽霊を作ったのは僕です」

悲しくて、たまらなかった。

泣いていいのは私ではなくて鷺山だとわかっているのに、涙が止まらない。いつもの丸まった背は、私に見えない重たいものを乗せていたのだ。気づかず、自分のことばかりだった数日が悔やまれる。もっと早く知っていたのなら。鷺山の孤独に気づけていたのなら。

「あの日に僕が死ぬ未来を選んでいたら、姉は学校に通っていた。兎ヶ丘小学校の飼育小屋に、黒髪おさげの幽霊の話なんて出なかった」

「作ってなんかない！　幽霊なんていないから！」

かぶせるように叫ぶと、鷺山が顔をあげた。

こちらを見て、穏やかに微笑んでいる。

「どうして香澄さんが泣いているんですか」

「だって、鷺山が泣かないから」

「それは理由になっていません。姉が亡くなったことで泣いているんですか？」

「違う。鷺山が背負いすぎてるから」

涙を拭っても、止まらない。

「鷺山のせいじゃないよ。月鳴神社の予知だって、あれが未来に起こることってわからない。幽霊だって勝手な話を言いはじめた人が悪い。家族のことも鷺山だけの問題じゃない。だから鷺山はなんにも悪くないのに、自分のせいだって背負い込んで、自分を傷つけてる。もう謝らなくていいの。鷺山は悪くないから！」

泣いているのか叫んでいるのかわからなくなる。歩道を歩く人が私たちを見れば、何の話をしているのかと驚くかもしれない。でも、構わなかった。

私のことを信じてくれた鷺山だから、伝わると信じている。今すぐ言葉にしてぶつけないと、彼の孤独に足を踏み入れることができない、きっと。

泣きじゃくる私の頭に、ぽんと何かが触れた。頭を優しく撫でられ、一瞬だけ涙が止まる。それから柔らかな表情で彼は言った。

「ありがとうございます。やっぱり、僕の好きな香澄さんだ」

「……い、今、そういうこと言う？」

「はい。あなたの知らないところで、僕はあなたに救われていましたから」

おかしなことに鷺山に頭を撫でられると涙は止まって、濡れた頬に潮風《しおかぜ》が沁みる。海が眩しい。視界の端で、波が太陽の光を浴びてきらきらと輝いていた。随分と低くまで落ちてきて、もうすぐ太陽は赤くなるのだろう。

私たちの時間が、減っていく。

ぼんやり海を眺めていると、鷺山が立ち上がった。

「あの、行きたいところがあるのですが」

「どこ？」

「香澄さんと観覧車に乗りたいです」


海沿いの道から観覧車までは結構な距離があった。

さらに観覧車も待機列が出来ている。

私たちがゴンドラに乗りこんだ頃には、赤く染まった太陽が水平線に飲まれる前の、最後の眩しさを放っていた。

「意外と揺れますね」

向かいに座る鷺山は、落ち着かない様子でゴンドラ内や外を眺めていた。

観覧車も初めて乗ったらしい。乗りこむ時にもゴンドラが動き続けていることに驚き、乗りこんでからは安堵の息をついていた。

「眩しい時間に乗っちゃったね」

「下に着く頃には暗くなっているかもしれません」

「……うん」

返事をしながらも、心は別のものに向けられていた。夜がくれば、予知で見た時間がやってきてしまう。この観覧車が下に着かなければいいのにと思った。

「観覧車に付き合っていただいてありがとうございます。好きな子と観覧車に乗るのが夢だったので叶いました」

狭いゴンドラの、対面で。

鷺山は照れることなく、さらっと恥ずかしいことを言ってのける。

そういえば『夢だった』という台詞、昼にも聞いた。そのことを思い出すなり笑ってしまった。

「鷺山は、意外とロマンチストだよね」

「初めて言われました」

「ほら。お昼を食べるのが夢とか、観覧車とか」

「なるほど……」

彼は顎に手を添え、何やら考えこんでいた。このまま放っておくと思案に暮れて戻ってこなくなりそうなので、私から話題を振る。

「デートも夢だった？」

「はい。香澄さんと一緒に出かけたいと思っていました」

視線を外の景色へと逃がし、語る。その手はもう震えていなかった。

「兎ヶ丘高校への進学を決めた理由は、姉から聞いていた香澄さんに会うためでした」

「私に？」

「姉を死なせてしまったことへの謝罪がしたかったんです。姉が亡くなってからの日々はいい思い出ではありません、家にいるのもつらい時がありました。でも香澄さんに謝罪することが最後の希望でした」

きっと。私の想像を絶する日々があったのだろう。おばあちゃんが亡くなって、新しい家族の間には居場所がなく。そんな時、彼の支えになったのが『謝罪』というのが切なくて、自然と唇を噛んでいた。

「兎ヶ丘高校に進学すれば兎ヶ丘での一人暮らしが許される。同じ高校にいなかったとしても、在学中に香澄さんを探せるかもしれない――そう思っていたので、入学式の日に張り出されたクラス分け表で香澄さんの名前を見つけた時は、胸が熱くなりました」

「すぐ話しかけてくれたらよかったのに」

「最初はそのつもりでしたが、香澄さんの様子は姉に聞いた話とかなり違っていたので躊躇《ためら》いました。明るくて優しい子だと聞いていたのに、他人を寄せ付けず暗い人でしたから」

躊躇《ためら》ってしまうのも理解はできる。飼育小屋の幽霊話が広まってから、私は他人との距離を置くようになっていた。友達は作らず、いつも一人。えこちゃんと知り合った頃とは真逆だ。

「姉の死が香澄さんを変えてしまったのだと思いました。僕の生活が変わったように香澄さんも変わった。だから原因である僕に声をかける資格はない――そう気づいた時には遅かった。あなたから目が離せない」

つまりは。話しかけるタイミングを計るべく観察しているうちに、好きになってしまったという話だ。好意を自覚する頃には声をかけてはいけないと思い込んでしまったのだろう。

えこちゃんの死は自分のせいだと背負っていた鷺山だから、その結論に至るのは仕方ない。今となっては早く知り合っていたかったと悔やんでしまうけれど。

「話しかけたいけれどできず、そのうちに僕は香澄さんのファンとなってましたね」

「ファンじゃなくてストーカーでしょ？」

「そうでした。今は公認になったので安心しています」

それは安心していいところだろうか。認めた覚えもないのだが。疑問は浮かぶけれど、いったん忘れることにする。

「それで、神社で声をかけてきたのは？」

「あれは僕の失敗でした。それまで心の中で『香澄さん』と呼びかけていたものを、うっかり口にしてしまったので」

「初対面で名前呼びは驚いたよ。衝撃すぎた」

「すみません」

けれどそこから、今の私たちになっていくのだ。

鷺山という謎の人物と共に守り隊に入って、ポスターを作って、肝試しを阻止して。友達だって出来た。出会う前の私は他人と繋がることで叶うものがあるのだと知らなかっただろう。

「たくさんのことがあったね。振り返れば、ぜんぶ楽しかった気がする」

「僕もです。香澄さんと話したことで、知ったこともありました。姉が飼育小屋でどのように過ごしていたのか、気に入っていたウサギなど。ユメの墓参りもできたのは香澄さんのおかげです」

いつだったか、藤野さんから『日曜に飼育小屋のあたりで鷺山を見た』と聞いたけれど、それはユメの墓参りにきたのだろう。私から飼育小屋の話を聞いて、えこちゃんが好きだったウサギを知った。それは遠くから見ているだけでは知り得なかった情報だ。

「お祭りも、楽しかったです。浴衣姿《ゆかたすがた》の香澄さんが見られなかったのは残念でしたが」

「そうだ。鷺山の目を描いたポスター、記念にもらえないか聞いてみよう。部屋に飾りたい」

「……それは勘弁《かんべん》してください」

呆れたように言って、鷺山はこちらをまっすぐ見つめる。

ゴンドラは頂上に近づいていた。赤く染まった太陽が海に溶けていく。薄暗い紺色の空の下でビルの波に光が点いていった。

「香澄さん、ありがとうございました」

「え？　それって何のお礼？」

「姉と友達になってくれたこと、そして僕と一緒にいてくれたことです」

それならお礼なんて言わなくたっていい。

だって、私も鷺山のことが好きだ。理由はわからない。

けれど気がついたら、隣にいてほしいと願うようになっていた。今日だけじゃなくて、明日だって一緒にいたい。

その気持ちを伝えようと唇を開きかけ――けれど、鷺山の方が早かった。

「だから。あなたのために、僕は死にます」

言いかけたものを飲みこむ。喉元《のどもと》がきゅっと苦しくなった。

「予知と今では、掲示していたポスターが違う。他にもいくつか差異が発生していますが――このまま予知と異なる事態が起き、香澄さんの身に何かが起こることだけは嫌です」

「だから、それなら未来を変えないって言うの？」

「僕は、あなたと予知を見た時に、これが運命だと思いました。僕が生きていたのはあなたを生かすため。あなたを守ります」

違う。そんな風に守られたくない。私は首を振った。

ゴンドラが沈んでいく。私の気持ちもそれに似ている。

「嫌だ、死なないで」

「香澄さん、僕は――」

「それならお祭りなんて行かなきゃいい！　ずっとここにいよう。例大祭が終わってから帰ればいい。私のためになんて言わないで。絶対に死なないで」

止まったはずの涙が出そうになって、けれど鷺山は微笑んだまま。彼のまなざしにある諦念《ていねん》は変わらない。

何を告げれば、その瞳は光を点すのだろう。夜の闇みたいに真っ暗になってしまう前に、伝えなきゃいけないのに。鷺山を引き止める言葉は浮かばなかった。だから、感情をありのまま伝えることしかできなくて。

「鷺山が……好き、だから」

手が震える。心臓が急いてうるさい。

想いを伝えるのはこんなにも勇気がいる。

出会った日に想いを告げた鷺山は、どれだけの勇気を振り絞ったのだろう。

「……か、香澄さん？」

「好きなの。気づいたらあんたが好きだった。だから、お願いだから、死なないで」

ちらりと見れば、鷺山は目を丸くして、口もぽかんと開いている。今までにないほどわかりやすく、彼は驚いていた。

「ゆ、夢……ですよね？」

「夢じゃない。ちゃんと告白してる」

恥ずかしくて顔が熱い。きっと赤くなっているのだろう。もう少し早かったら、夕日のせいにできたのに。

見れば鷺山も顔が赤くなっていた。照れているのか、視線を逸らしている。

これが現実だと伝えるため、一歩前に踏み出して、鷺山の手を掴んだ。

「生きていてほしいから、明日の約束をしよう」

「どんな内容ですか？」

「一緒にお昼を食べよう。手を繋いで帰ろう。私が前髪を切ってあげる。あと鷺山が見たがってた浴衣《ゆかた》も着る」

次に思い出したのは、彼が語っていた将来の夢のこと。

「鷺山が救急救命士になれるよう、ずっとずっと応援する」

「それは……僕の夢でしたね」

私は頷いた。

今なら、鷺山がそれを目指した理由がわかる。えこちゃんの交通事故がきっかけで、誰かを救える人になりたいと思ったのだろう。たくさんのものを壊したと自責の念にかられていたからこそ、誰かを助けられる人になりたかった。

鷺山は私を助けるべく死ぬと言っているけれど、それは違う。

「生きよう。最後まで未来を信じよう」

「香澄さん、僕は――」

「うんって言うまで帰らない」

私が言うと、鷺山は笑った。

「わがままですね」

「諦めが悪いの」

「困りました。僕は嘘が苦手なので」

「言って。生きるって約束して」

困ったように微笑んで、それから鷺山はこちらに手を伸ばした。

「香澄さんが好きです」

「聞きたいのはそれじゃない」

「あなたが、僕のことを好きだと言ってくれたことが、一番の幸せです」

「違う」

「ずっとあなたと話したかった。僕の好きな人は、あなただけです」

生きるって、たった三文字でいいのに。鷺山は言ってくれない。

ゴンドラはみるみる地面に近づいていく。あたりは夜の闇に包まれて、暑くて眩しい太陽は消えてしまった。

「そろそろ、月鳴神社に行きましょう」

ゴンドラを降りる時、鷺山は小さな声で言った。繋いだ手はそのまま、けれど振り返らない。

嫌だと叫んでも、きっと鷺山は行くのだろう。行かなければ未来を変えられるかもしれないのに、鷺山はそれをしない。私を生かすためにと理由をつけて。

「……私も、行く」

悲しくて、たまらなかった。

未来は変わるって信じてる。信じているけれど、怖い。

十六日間という時間は、私を変えてしまった。

だから、この手が消えてしまったら耐えられなくなる。

好きだから、死なないで。明日も一緒にいて。

公園から駅までの道のりは視界が滲んでいた。涙が落ちぬよう空を見上げれば、予知の時と同じ、白く大きな満月が浮かんでいた。

休日の、それも家族連れの帰宅時間と重なっているため、駅は混んでいた。電車も混んでいそうだ。乗車待機列に並んで、電車がくるのを待つ。

鷺山は泣くことも不安がることもせず、じっと前を見つめていた。

「……鷺山」

「はい」

「やっぱり、お祭り行くのやめよう」

提案しても鷺山は答えない。ぎゅっと強く握りしめるこの指先から、固い意志が伝わっていた。

駅のホームにアナウンスが響く。電車が到着しますと告げているけれど、人が多いからホームに立った駅員さんが笛を鳴らしていて、それにかき消された。

風が、動く。電車がもうすぐやってくる。

「僕は……幸せでした」

風音にかき消されそうな小さな声で、鷺山は言った。

「僕の話を信じて、僕のせいではないと言ってくれたのは、あなたが初めてでした——だから」

その先の言葉は聞こえなかった。電車がやってきて、かき消される。

電車は、停止位置ぴったりに止まって、扉が開く。乗っていた人たちが降りて、そして人波に巻き込まれるように私たちも乗りこんだ。

兎ヶ丘駅の一つ手前まで近づいて、電車に乗る人たちは減っていく。座席は空いていたけれど、鷺山は扉にもたれかかって座る様子がない。私も鷺山と一緒に扉の前に立っていた。

「……もうすぐですね」

次の駅で降りて、月鳴神社に向かう。引き止められるタイミングが少しずつ減っていく。

「鷺山。ねえ」

「……」

「やめよう。未来、変えようよ」

「……」

「生きるって、約束して」

何度言っても、鷺山は答えない。視線はドアのガラスに向けられていた。

電車が着く。私たちの降りる駅は次だ。

私たちが立っている側のドアが開いたので、降りる人に配慮して避ける。電車に乗っていた人たちが何人か降りて、新しくまた乗ってくる。

その入れ替わりが終わって、発車を報せるベルが鳴った時だった。

強く手を引っ張られた。

「え？」

間抜けな声をあげて、真意を確かめるように鷺山を見る。

鼓膜《こまく》を揺らすベルの音。視界には鷺山がいて——彼は、悲しそうに笑っていた。

「あなたを好きになって、よかった」

どん、と肩を強く押された。繋いでいたはずの手は離れていて、悲しそうな鷺山の顔を遮るように視界に映っている。私の体はバランスを崩して、後ろに倒れていく。

電車の床を踏みしめていたはずの足が今は浮いている。

それは反応できないほど数秒のこと、けれどゆっくりとした出来事のように思えた。私たちを分断するようにドアが閉まっていく。遠くで駅員さんが「危ない」と叫ぶのが聞こえた。

ずさ、とお尻と背に痛みが走る。

私は電車から落ちて、駅のホームに座りこんでいた。

「ま、って」

慌てて立ち上がり叫ぶけれど、ドアはもう開かない。

その向こうに鷺山がいる。

「待って、待って！」

電車に駆け寄ろうとしたところで強く後ろに引かれた。駅員さんが私の体を掴んでいる。

「危ない！　何してるんですか！」

「電車、落ちて、人が、鷺山が乗ったまま」

「離れて。まずは落ち着いて。次の電車に乗れば会えますから」

だめだ。それじゃ間に合わない。

彼は一人で行くつもりだ。私を連れて行けばどうなるかわからないから、一人で行くつもりだったんだ。

「だめ！　一人で行かせちゃだめ！」

「離れてください！」

駅員さんに引きずられて、電車から遠ざかっていく。離れたところで駅員さんが手をあげた。それを合図に、電車が動き出す。

「……行かないで」

叫んでも届かない。鷺山はドアのガラス越しに私を見つめて、それから悲しげに笑った。

唇が、動いている。何かを伝えている。

四文字。

たぶん、それは。

「さよならって……言わないで……」

ゆったりと滑り出し、徐々に勢いを増していく電車が、涙腺《るいせん》を揺らす。

悲しくて悲しくてたまらない。こんなお別れなんて、絶対に嫌だ。

「……大丈夫ですか？」

電車が去ったあと、駅員さんが優しく声をかけてくれた。

「落ち着くまで少し休まれますか？　次の電車を待ちますか？」

手を借りて立ち上がる。次の電車がくるのは五分後。それまでに鷺山の乗った電車は次の駅に着いているだろう。

だけど。

鷺山は、ずっと私を追いかけていた。

好きという気持ちと謝罪の二つの感情に苦しんで。

彼がいたから、私は変わることができた。こんなところで諦めてはいけない。

好きな人のために死ぬと告げた彼のように、私は好きな人のために未来を変える。

鷺山を、一人にさせてはいけない。

「ご迷惑おかけしました。もう大丈夫です。タクシー探しますから」

気丈に告げると、駅員さんは安堵したような顔で頷いた。

「気をつけてくださいね。無理なさらず」

「はい。ありがとうございました」

ホームを出て、走る。

兎ヶ丘駅から月鳴神社までは距離がある。徒歩で二十分ほど。私がいるのは兎ヶ丘の隣駅。タクシーに乗って直接月鳴神社に向かえば間に合うかもしれない。

けれど、改札を出て外に出ると、普段は列を作っているタクシー乗り場は閑散《かんさん》としていた。一台は止まっていると思ったのに。どうしてか、うまく行かない。

ここから歩いていく、いや走った方がいいか。徒歩なら間違いなく時間がかかる。

苛立ちと焦燥で、またしても泣きそうになった。泣いている場合ではないと唇を噛みしめ、空を見上げる。

まんまるとしたお月様が浮かんでいた。

白く、青白い満月。光の加減で青白く見えているのかもしれない。冷静に考えながらも、私はその満月に不気味なものを感じていた。

予知で見た月は二つ。私と鷺山の前に浮かんで、それぞれが死ぬ未来を映していた。そして鷺山は未来を選び、残ったのは白い月。今日の月はそれによく似ていた。

「私を、例大祭に行かせないように……してる？」

呟くも、返事はあるわけがなく。夜に溶けていく。

急がなければ。私は走り出した。ポケットからスマートフォンを取り出して握りしめる。誰かに連絡をして鷺山を引き止めてもらうことを考えて——その時だった。

クラクションが鳴った。車のライトが私と歩道を照らす。

振り返るより早く、車は私を追い越し、少し先の場所で歩道に寄せて止まった。

車？　でも家の車でもないし、ハナ先生の車でもない。見たことのないものだ。

警戒しながら様子を窺うと、後部座席の窓が開いた。それから見覚えのある顔が出てくる。

「鬼塚さーん」

それは古手川さんだった。

「こ、古手川さん？」

「よかった、鬼塚さんじゃなかったらどうしようかと思ったの」

「どうしてここにいるの？」

焦る私と異なり、古手川さんはふんわりと微笑む。

「お母さんと買い物にきていたの。これから守り隊の打ち上げに行くから、月鳴神社に行こうと思っていたけど――」

月鳴神社。その単語を鼓膜《こまく》が拾って、頭が認識して、すぐに。私は古手川さんに頭を下げていた。

「お願い。乗せてほしい」

「うん、いいけど……鬼塚さん、何かあった？　泣いてるよ」

「理由は後ほど話すから。お願い。急いでるの。鷺山を一人にしちゃいけない」

伝えたいことが多すぎて早口でまくし立てる形となった。それでも古手川さんはちゃんと聞いてくれた。しっかりと頷いて、ドアを開ける。

「乗って。何があったかわからないけど、鬼塚さんが言うなら、きっと大変なことが起きていると思うから」

「……ありがとう」

「急ごう――お母さん、急ぎで月鳴神社に向かってほしいの」

古手川さんが言うと、運転席に座っていた古手川さんのお母さんが振り返った。

「はじめまして。鬼塚さんね？」

「はい。突然すみません」

「いいのよ。娘から話を聞いていたの――じゃ、急いで向かいましょう」

古手川さんに似ておっとりとした、優しそうな人だ。後部座席に乗りこみ、車が走り出す。

そこでスマートフォンを見ていた古手川さんが言った。

「いま連絡がきて、篠原くん旧道にいるって」

「藤野さんが心配なんだと思う。篠原くん、なんだかんだ言っているけど、藤野さん大好きだから」

「篠原が？」

「あー……そういうこと。それでよくちょっかいをかけてたんだ」

「鬼塚さんと防犯の話をしていたから、藤野さん一人の留守番が気になるみたい。でも意気地なしだから家まで行く勇気はなさそう」

篠原の行動は、そういう理由が隠れていたのか。いつも藤野さんに突っかかっていたのは、好意の裏返しだったのだろう。天邪鬼《あまのじゃく》なやつだ。

「でも、鬼塚さんもでしょ？」

気づけば、古手川さんは私の顔を覗きこんでいた。

「鷺山くんを一人にしちゃいけないって言ってたから、何か事情があって鷺山くんを追いかけているのかなって」

「……うん」

「私、応援する。私に手伝えることがあったら言ってね」

流れる景色の中、ビルの切れ間に満月が姿を現した。未来を変える。その決意を胸に睨みつけるも、満月は再びビルに隠されて見えなくなった。

旧道は歩行者天国となっているため通行止めで、その近くも渋滞している。古手川さんのお母さんは、小学校から月鳴神社へと向かう坂の途中で車を止めた。

「ここから歩いて行く方が早いと思うわ」

「ありがとうございます！」

「急いでいるのはわかるけれど、人が多いから気をつけてね」

私と古手川さんは車を降りた。あとは旧道に向かうだけ。

例大祭最終日ということもあって、旧道へ向かう人の数は多い。

「鷺山くん、いた？」

「いない」

あたりを探してみたけれど鷺山の姿は見当たらなかった。

車で送ってもらったことで時間は追いついたので、ここを通るか旧道に着いているかのどちらかだ。ここで待つべきか旧道を探すべきか悩ましい。

「私、ここで鷺山くんが来るか待っているよ」

「え……いいの?」

古手川さんが私の肩を叩いて、頷いた。

「鬼塚さんは旧道で鷺山くんを探して。何かあったら連絡するから」

「……ありがとう」

「任せて」

お礼を告げて、私は走り出す。目指すは旧道。

下り坂はすぐに勢いがつくけれど、その分足がもつれそうになる。バランスを崩しかけても何とか耐えて、前へ前へと足を出した。

焦燥感《しょうそうかん》は足に纏わり付き、どれだけ走っても息があがる気配はない。いつもより早く走れている気さえする。

前方に人がいれば「すみません」と声をかけて追い越し、後ろは振り返らず前だけを見た。鷺山悠人という人物だけを頭に入れて。

坂道が終われば、住宅地を通る。ゆるやかなカーブだ。歩道はあれど古い作りだから狭く、けれどこの道は住民しか通らないので車数が少ない。今日は例大祭だからなおさらだ。

カーブを曲がれば、つきあたりに行き着く。左手に進めば月鳴神社が、右手には旧道に続く石階段がある。

鳥居《とりい》が視界に入った時、心臓をぎゅっと何かで締めつけられるような、息苦しさと不快感がこみ上げた。急き立てられて空を見上げれば、白々と輝く満月がある。満月。予知と変わらない空だ。

旧道に向かう階段は人が多い。これからお祭りに行くのだろう家族連れもいる。

「すみません！　通ります！　急いでいます！」

再び声をかけ、道を空けてもらう。空けてもらった隙間を通る。お礼のため頭を下げると髪が揺れて汗ばんだ首に張り付いたので、さっと手で払ってから駆け下りた。

旧道に並ぶ屋台はもう見飽きた。目を向ける必要はない。

こうして旧道を走る姿に既視感があった。予知で見たものと同じ。私が息を切らして走っていくのも、周りの景色も。

あたりを見回して鷺山を探すことはしなくなっていた。

これは予感だ。私が鷺山に会えるのはここではない。旧道半ば、藤野さんの家近く。

そして——私は、歩みを緩めた。

ついに彼の背を見つけたのだ。その場所は、昨日まで守り隊が使っていたテントの前、藤野さんの家近く。今日はテントを町内会が使っている。けれど長机の上に、ビールが入ったプラカップは見当たらず、置いてあるのはお茶だった。

「鷺山！」

私が名を呼ぶと、その背が振り返った。背は高いくせに重いものがのし掛かっているように猫背で、長い前髪。お世辞《せじ》にも今時とは言い難い鷺山悠人の姿だ。

「香澄、さん……どうしてここに……」

「あんな別れ方……許せるわけないでしょ……」

ここにいるのが私だと信じられない様子だった鷺山も、理解したのか次第に顔色が青くなる。

「戻ってください！　ここにいてはだめです！」

「嫌だ」

「何が起こるかわかりません。未来が、予定していたものでなくなったら――」

鷺山はひどい慌てようで、私の両肩をぐいと掴む。少しでも、これから事件が起きる場所から離そうとしているようだった。

「未来を変える。鷺山も生きよう」

「お願いです。離れてください」

「生きるって言うまで帰らない」

「香澄さん！」

感情が大きな波となって揺れる。

叫び声が私の鼓膜《こまく》を揺らそうとして、けれどそれは別のものにかき消された。

ガシャン、と割れる音が聞こえた。始まりを報せる合図のように。

特にその場所近くを歩いていた人は気にしているらしく、一斉に同じ場所を注視《ちゅうし》する。見ずともわかる。藤野さんの家だ。

カウントダウンが始まったのだ。鷺山も私も固まったように動けなくなる。周りの人だけが「何の音？」「割れた？」とひそひそ話していた。

「きゃあああ」

悲鳴は藤野さんのものだろう。

彼女の家に、不審者が入りこんでしまった。

「……香澄さんは僕の後ろに」

掠れ声と共に鷺山は私を隠すように前に立った。ぴんと背が伸びていて、前方が見づらい。少しでも状況を把握しようと身を乗り出した時、旧道から藤野さんの家へとまっすぐ、誰かが駆け抜けていくのが見えた。

「え――」

驚きに声をあげているうちに、家の敷地を囲むブロック塀に遮られ、その人物は見えなくなってしまった。軽やかな身のこなし、滑りこむように家に入ったのだと思う。

それからまもなく、ドタドタと暴れるような音が聞こえた。

藤野さんが反撃したのか、それとも。

「……来ます」

鷺山が呟いた。玄関扉が開き、男がやってくる。

九月だというのに深くかぶったニット帽と黒いジャンパー。どこかで見たことのある格好。予知だけではない、何度も彼を見たことがある。

記憶を辿り、背筋が震えた。この人は、おばあさんの財布を盗もうとした男だ。

私は事件の犯人と遭遇していたのだ。なんてことだろう。

あの時に捕まえていたら。警察に届けていたら。事件を防ぐ一番の方法はここにあったのだ。

後悔しても遅い。

男は興奮しているのか荒い呼吸をしながら叫んでいた。

「いってえなあ、クソガキ!」

振り返り藤野さんの家方面を睨みつけている。その手には大きなナイフが握られていた。

男が持つ刃物は、旧道にいた人たちを怯えさせた。悲鳴があがる。平穏だった旧道に、不安と恐怖が波紋《はもん》を打つ。

まもなく、この場所を中心にして、旧道はパニックに陥るのだ。

「泥棒《どろぼう》！　捕まえて！　だれか！」

その声は家から転がり出てきた藤野さんのものだった——が。

おかしなことに彼女の体に、傷は見当たらない。服も体も血に汚れていることはなく、見れば不審者の手も黒い手袋のままで赤い色はなかった。

変わったことはそれだけではない。

無傷の藤野さんを支えている人、あれは篠原だ。折れた竹刀《しない》を持って、藤野さんをかばっている。遠くから見ても彼の表情が鬼気迫《ききせま》るものだと伝わってくる。

そこにいるのは普段言い負けている篠原ではなく、藤野さんのために駆けつけたヒーローの姿だ。

「……おかしい」

鷺山が呟いた。彼もこの違和感に気づいている。

予知では彼女は一人で、肩に大怪我《けが》をしているはずだ。

それが変わった。

「なあにやってもうまくいかねーな！　どうせムショに入るなら——」

不審者は苛立っているのかニット帽を投げ捨て、旧道を見渡した。

旧道は静まり、不審者だけが浮いているようだった。夜に溶けそうな色の格好をして、けれど満月や例大祭の提灯《ちょうちん》がスポットライトのように彼を照らす。

「どうせ捕まるなら……一人ぐらいやってやる！」

叫び声と共に、男がナイフを振り上げた。

光を浴びて煌めく凶器《きょうき》が、大波を生んだ。旧道のどこかから「逃げて」と悲鳴がした。そこにいた人たちが、一斉に動き出す。男から逃げるため、走り出したのだ。

混雑していた旧道は地獄へと化す。我先にと逃げる人や、子供を抱きかかえて走る母親。人に押されて転んだのか、道路に座りこんで泣いている子もいた。

男もナイフを振り上げて誰かを傷つけようと歩くも、その足取りはふらふらとしていた。獲物となるような人は見つからず、狙うも逃げられ、そして——目が合った。

鷺山の背から顔を出し、覗きこんでいた私と彼の目が合った。

「……お前！　お前は知ってるぞ！」

じり、と一歩詰め寄る。鷺山の体が強ばった。

「てめえのせいでババアの財布落としたんだよ。覚えてるぞクソガキ」

男の罵声。そして、駆け出す。

ここからでも、ナイフを振り上げる手に力が込められているのが伝わってくる。

怖い。この景色を知っていたはずなのに、体は恐怖で竦《すく》み上がっていた。

逃げなければ。鷺山を連れて。

けれど彼は私の体を背に隠したまま。腕を引っ張るけれど、微動だにしない。

こういう時、鷺山は男の子なのだと再認識する。肝試しを止めにいった時もそうだった。普段の姿からは想像もつかない力強さを見せる時がある。

このままでは、だめだ。鷺山が死んでしまう。

未来を変えると約束したのに。

「香澄さん、僕の後ろから出ないで」

「逃げよう！」

私が叫んでも、彼は振り返ることさえしなかった。

緊張して呼吸が短く急いている。恐怖を与える男は、化け物のように見えた。恐ろしいけれど目を瞑《つぶ》りたくない。

そして高く掲げられた鋭い殺意が振り下ろされた。

私たちが選んだ未来は鷺山の死。この場面で、男は私を狙っていたが、鷺山が身を挺して守り、そして予知通りの結果に進むのだろう――と思っていた。

「う、ぐ……」

うめき声は鷺山でも私でもなく、間近に迫った男から発されていた。

振り下ろそうとしていた手は、横から伸びた別の手が掴んでいた。その手はたくさんの皺が刻まれた手だ。

「離れろ！」

誰かが叫んだ。私でも鷺山でもない、別の人の声。

浅い呼吸を繰り返し、全身の力が抜けていく。しぼんだ風船みたいに、へなへなとその場に尻をついていた。鷺山の腕を掴んだままだけれど、彼も脱力していたのだろう。私に引っ張られるまま地面に座りこむ。

この未来は、どうなっているのか。

呆然としながら顔をあげる。見上げれば『兎ヶ丘町内会』の文字が刺繍《ししゅう》された法被《はっぴ》が見えた。

一人ではない。続々とテントから人がやってくる。

加勢にきたおじいさんの一人が、誘導棒で男の手を強く叩いた。恐ろしく感じたナイフも、からりと間抜けな音を響かせて地面に落ちる。

武器を失った男は押さえこまれて地面に伏せる。これでは立ち上がることもできないだろう。

「な……なんで……」

呟きは鷺山から聞こえた。

呆れているような声でありながら、両肩が震えている。どういう感情だろうと見ていれば、次に聞こえたのは笑い声だった。

「は、ははっ……い、生きてる……生きてる……」

両手を眼前で開いて、動いているのを確かめる。

それから鷺山はこちらに振り返った。

「……僕も、香澄さんも……生きてますね」

「うん」

「無事ですよね？　ちゃんと動けますよね？」

青白くなった顔の、その目は潤んでいた。恐怖から解放された喜びだろう。まもなくその綺麗な瞳から、澄《す》んだ涙がこぼれ落ちるのだと思った。

私も鷺山と同じように嬉しくてたまらない。

「未来を変えるって言ったでしょ」

「……本当に、生きてますよね」

「ほら、確かめてみて」

彼の手を掴んで、私の首筋に持って行く。ここらへんに頸動脈《けいどうみゃく》があるのだと鷺山が言っていたから、生存を証明するにはこれがいいと思った。

どくどくと、生きている音がするだろう。

「聞こえます。あたたかい……です」

彼は目を伏せ、鼓動に聞き入っているようだった。

「僕は……明日も、生きていていいのでしょうか」

「うん。明後日も明明後日も」

頬に光るものが伝う。私のために死ぬと言っていた鷺山も、本心では死が怖かったのだろう。それを感じさせる綺麗な涙だ。

その間にも周囲は慌ただしい。

私たちが我に返ったのは、駆けつけた古手川さんの声がきっかけだった。

「二人とも！」

あたりの様子から察したのだろう。座りこんだ私たちのところへやってきた古手川さんの顔色は真っ青になっていた。

「怪我《けが》はない⁉」

「うん。平気だよ」

返答すると今度は篠原と藤野さんがやってきた。藤野さんは篠原に支えられた状態でやってきたので怪我《けが》をしたのかと不安になったが、彼女は気まずそうに笑った。

「藤野さん、大丈夫？」

「うん。私は平気。ちょっと……腰が抜けちゃっただけ」

だから篠原に支えられていたらしい。

そこで藤野さんは俯き、ため息をついた。

「怖くないって思ってたけど……だめだった。撃退《げきたい》してやろうと思ったのにいざとなったらできなくて……今も震えが止まらなくて」

「無理すんな。まだ掴まってていいから」

「ごめんね――あと」

それから藤野さんは小さな、とても小さな声で「助けにきてくれてありがとう」と言葉を結んだ。それは篠原に向けたものだろう。本人に届いたのかは知る由もない。

私たちが集まっているのを見て、町内会の一人がやってきた。会長さんだ。

「皆さん、怪我《けが》はありませんか？」

それぞれが頷くと会長さんは安堵の息をついた。

「よかった。まもなく警察がきますから」

見れば男の両手は紐で縛られ、ナイフも取り上げられていた。抵抗は無意味と察したのか、押さえつけられるがまま、顔をあげる気力さえないようだった。

「助けていただいてありがとうございました」

「いやいや。君たちが大事なことを教えてくれたからです――今日は町内会の全員、お酒を飲んでいません。あのポスターで町内会員の防犯意識が高くなりましてね、あの目に見られていたらお酒なんて飲めませんよ」

事件が起きてしまった以上、防犯対策として作ったポスターは意味をなさなかったけれど、別の効果を生んだのだ。

ぜんぶ、繋がっている。ポスターを作ったことも、藤野さんたちと知り合えたことも、町内会の人と話し合ったことも。

それだけではない。

飼育小屋の幽霊話、えこちゃん。

「幽霊も予知も過去もぜんぶ。今に繋がった。だから私も鷺山も生きているんだ」

呟くと、鷺山が頷いた。

「奇跡……っていうよりは積み重ねた結果かもしれません」

未来は変わった。誇らしい気持ちから、空を見上げる。

あの憎らしいほどまんまるとした月に、この結果を見せつけてやろうと思って。

けれど。満月は白く、白く。

不気味な白い月は嗤《わら》っているように見える。

そういえば鷺山もこれぐらい青白い肌だった、と思った瞬間。

「……う、あ」

浅い呼吸。溺れかけている声を混ぜたようなうめき声。

咄嗟《とっさ》に目をやる。そして私は息を呑んだ。

聞こえてきた声は、額に汗をびっしりとかいて白い肌をした鷺山からこぼれたものだった。

彼は胸元を強く押さえ、ぷつりと糸が切れたように前のめりで倒れこんだ。

ごん、と鈍い音が聞こえる。地面に倒れた鷺山は起き上がろうとせず、後頭部のぼさぼさとした髪しか見えない。

「鷺山！」

咄嗟《とっさ》に彼の体を抱きおこそうとしたけれど、ひどく重たい。かろうじて骨で支えられた柔らかな人形のようだった。

いつかのように彼の首に触れる。けれど、うまくできない。

まだ肌は温かさを保っているのに、鼓動だけがうまく聞こえなかった。

「脈……生きてる音……」

呆然と、探す。私の指先だけ別のものになったように感覚がない。

全身から血の気が引いていく。凍り付くように寒い。淀《よど》んだ水の中に沈められていくように、涅に埋もれて体が動けなくなる感覚。

白いのだ。あの満月と同じように。

嗤《わら》っている。

私たちがあがいても未来を変えても、結末は同じ。

鷺山は死ぬのだと、私たちがそれを選んだのだと、月が嗤《わら》っている。

「救急車を呼んで！」

古手川さんの叫び声がする。

視界の端で、弾かれるように篠原が動いたのが見えた。テントに向かっている。

「誰かきてください！」

「医者、看護師さんいませんか⁉」

「藤野、手伝え！」

藤野さんや篠原の声。町内会の人たちも駆けつけて、あたりは騒がしいはずなのに、私のところだけ静かだ。皆の声が遠くで発されているように感じる。

「……生きるって、約束してなかった」

鷺山は冗談の苦手な男だ。嘘がつけない。そんな彼が最後まで交わさなかった約束だ。私が何度も『生きよう』と提案しても彼は頷いてくれなかった。

でもこれは彼も予想していなかっただろう。だって、男が取り押さえられて事件の終わりが見えた時、生きていることに喜んでいた。涙だってこぼしていた。

こんなの、嫌だ。

鷺山に死んでほしくない。

なかった。

「鷺山……起きてよ……」

ぎゅっと手を握る。力が入っていないから重たく感じる。握り返してくれることは

「鬼塚さん、離れて！」

私の体は古手川さんに引きずられて、離れていく。

「まって、まって」

「今、藤野さんたち、頑張ってるから」

「さぎやま……死んじゃう……」

朦朧《もうろう》としながら手を伸ばす。滲んだ視界は鷺山の体の輪郭《りんかく》をぼかし、肌色の何かにしか見えなくなっていた。

そして、温厚な彼女が初めて、声を荒らげた。

私が彼の元に行かないよう、古手川さんが遮る。

「信じて！」

その言葉が、私の頭を揺さぶった。どこかからピーと電子音が聞こえる。藤野さんと篠原が何かを叫んでいたけれど内容は伝わらなかった。町内会の人たちや旧道にいた人たちも駆けつけている。

「鷺山くんを、私たちを、信じて」

遠くでサイレンの音が聞こえる。パトカーだ。不審者の事件で駆けつけたのだろう。救急車の音はまだ聞こえず、どこにいるだろうかとあたりを見渡せば、あの満月と目が合った。

月鳴神社。予知を見たあの場所。

ふらりと立ち上がる。旧道では少し距離を離して、人々がこちらを見ていた。

「鬼塚さん、どこいくの？」

一歩、月鳴神社の方へと歩き出した時、引き止めるように古手川さんが言った。

「行ってくる」

「どこへ？」

「私にできること……たぶん、あるから……鷺山のこと、お願いします」

そして、走り出す。

後ろでは古手川さんの叫ぶ声が聞こえたけれど振り返る余裕はなかった。

頭に浮かぶのは、神社掃除の時に聞いた月鳴神社の話だ。

『月鳴神社にはうさぎの神様が二匹いたんだって。白い月のようなうさぎ様と、赤い月のようなうさぎ様。でも神社にいられるのはどちらか一匹だけ。だから二匹のうさぎ様は、どちらかがいなくなる運命になった』

『白い月が浮かぶ時は普段通りにしているけれど、新月《しんげつ》になると自分が殺してしまった赤い月のうさぎ様を思い出して後悔するの。だから新月《しんげつ》の夜になるとうさぎ様が鳴くんだってさ』

私たちに未来を視せたうさぎ様なら。

どちらかの未来を選んだことでうさぎ様が後悔を背負ったのなら。

人混みをかき分けて、旧道を走る。石階段を上って、鳥居《とりい》をくぐって。

そして——月鳴神社の拝殿《はいでん》で、私は頭を下げた。

「うさぎ様、お願いします。こんなのは嫌です」

けれど返答はない。

場所が変わったり未来を見たりなどの変化も起きない。

私は拝殿《はいでん》ではなく境内《けいだい》の奥に向かった。もう一度、あの斜面を滑り落ちたなら見られるだろうか。

立ち入り禁止の張り紙も三角コーンも越えて、下を覗く。境内《けいだい》の明かりは届かず夜の闇に支配されて、向こうは見えない。生い茂る草の音しか聞こえなかった。

躊躇《ためら》わず、飛びこむ。草や枝が足や体にあたって、ガサガサと激しい音がした。

暗いからかどれほど落ちたのか距離がわからない。滑り落ちる音は止んで、背には湿度を含んでじめついた土の感触が伝う。

それでも、変化は起きなかった。

土に倒れこんだまま空を見上げる。月だ。白い月だ。

「うさぎ様……」

きっとうさぎ様も後悔した。片方を選んでしまったがための罪を背負い、だから新《しん》月《げつ》の夜に泣いていたのなら、この辛さをうさぎ様も知っているのだろう。

「鷺山を助けてください。こんな未来は嫌です」

後悔するぐらいなら、どちらも選びたくはない。

私たちが辿ったのは、赤い月が示した『鬼塚香澄が刺される未来』でも白い月が示した『鷺山悠人が刺される未来』でもない。提示されたものと異なる未来だ。

「私は生きていたい。でも鷺山がいないとだめです。未来を変えてでも二人で生きたいです」

涙がこぼれた。目端からこめかみを通って落ちていく。

「鷺山が好きです。二人で明日を迎えたいです」

月が白い。悔しいほどに輝いている。

「こんな後悔をしたくない。誰にも後悔させたくない。未来は変えられます、だから――」

涙と土で顔はぐちゃぐちゃ。頭も混乱している。

どこにうさぎ様がいるかもわからないのに月に向かって泣いていた。

「鷺山を助けてください」

その声が響いて、消えて。

滲んだ視界になぜか、赤いものが見えた気がした。

確証はないけれどその赤いものが、月のように思えてしまって、瞼《まぶた》が重たくなっていく。滲んでいた視界も夜に呑まれてしまうのかもしれない。

ぼんやりとしながら私は眠ってしまうのだとわかった。猛烈な眠気に抗えず、意識を手放してしまう瞬間。どこか遠くで草葉の揺れる音が聞こえた。

『うさぎ様はね、後悔したんだよ』

『本当は白い月のうさぎ様を助けたかった。でも誰にも相談できなかった』

『赤い月のうさぎ様も白い月のうさぎ様も、誰かに助けてって言えたのなら』

『今頃、空には二つの月があったのかもしれない』

意識が落ちる。

その声が誰の声なのかわからない。

そして最後に、何か小さなものが、跳ねるような音が聞こえた。

最終章　一途に好きなら死ぬって言うな

十月が終わろうとしている。あれほど居座り続けた夏の暑さも忘れてしまった涼やかな風が吹いている。時々、寒いと感じるぐらい。

終礼の合図で立ち上がる。冬制服のブレザーが教室にずらりと並んでいるけれど、それも見慣れてしまった。教室に漂う空気には、半袖など夏を思わせるものはふさわしくない。

「起立、礼」

深くお辞儀をするとタイミングを計ったかのようにチャイムが鳴った。これから掃除だ。今日の担当は教室だった。掃除の時間はあまり好きではない。嫌気たっぷりに息を吐くと、藤野さんと古手川さんがやってきた。

「おつかれー！　鬼塚っち、今日の掃除担当は教室でしょ？」

「うん」

あれから。藤野さんと古手川さんは私の友人となった。

鬼塚さんと呼ぶのは堅苦しいからと、妙なあだ名をつけられてしまった。まだ慣れないけれど、嫌ではない。古手川さんはあだ名で呼ぶのが苦手らしく、今も鬼塚さんと呼んでくる。けれど以前と違って距離の近さが伝わっていた。

「明日、全校集会あるらしいよ。めんどいよねー。体育のあとだから眠くなりそ」

「寝ればいいじゃん」

「いやいや。鬼塚っち度胸ありすぎ」

「ふふ。ハナ先生に怒られちゃうよ」

机と椅子を教室の端に移動させながら、明日のことを話す。全校集会は嫌う生徒が多いが、私は特に嫌いではなかった。寝ていればいいだけだ。授業中よりも気づかれにくいので、寝やすい環境だと思う。

「で。明日は表彰があるって話、聞いた？」

藤野さんが言った。私と古手川さんは同時に藤野さんへ視線を送る。

「うちだけじゃなくて、そこの二人もだからね」

「聞いてない」

「何を表彰されるの？」

首を傾げる私たちに対し、藤野さんは得意げに鼻を鳴らした。

「今年の守り隊、がんばったじゃん？　警察と町内会会長さんが来て賞状渡すんだってさ」

ああ、と納得して頷く。

今年の例大祭以降、兎ヶ丘は騒がしい。それはお祭り中に発生した強盗《ごうとう》事件のせいだ。通行人が多く大惨事になりそうな状況で、奇跡の怪我《けが》人ゼロ。これは全国ニュースでも取り上げられ、兎ヶ丘は一躍有名な場所となった。

犯人を取り押さえるなど活躍したのは町内会だけど、その影には守り隊という高校生ボランティアの存在がある。高校生の注意喚起によって町内会役員の防犯意識は高められ、今回の結果に至った――そういう感動ストーリーだ。

「またイノ先生が泣き出しそう」

古手川さんが苦笑いをする。私も同じものを想像していたので気持ちはわかる。

例大祭と守り隊の一件が話題になるたび、イノ先生が感極まってしまう。特に私の変化が嬉しかったらしく、私と顔を合わせるたび男泣きする時期があった。ようやく落ち着いてきたが、この話が再燃すればまた騒がしくなりそうだ。

ハナ先生が呆れながらイノ先生を宥《なだ》める様子まで容易に思い浮かぶ。

「そうそう。守り隊の写真撮りに、新聞社とか来るらしいよー」

「表彰ねえ……」

藤野さんの話を聞いても、私と古手川さんの表情は晴れなかった。

おそらくは明日、守り隊がステージにあがるのだろう。でもそこに、いるべき人がいない。

昨日も今日も、鷺山の靴箱はからっぽだった。ロッカーも埃《ほこり》がかぶっているし、彼の席も無人の状態に当たり前となりつつある。

「やっぱ元気ないね、鬼塚っち」

「そりゃそうだろ」

はあ、とため息をついた藤野さんに返事をしたのは篠原だった。

彼は隣のクラスだ。なぜここにいるのかと責めるように藤野さんが篠原を睨む。

「あんた、掃除サボってんの？」

「俺のクラスは、俺がいなくても掃除できちゃうんだって」

「うわサイテー」

相変わらず藤野さんと篠原は仲がいい。

あの日、篠原は藤野さんのことが心配で旧道にいたそうだ。声をかけようか迷っている時に事件に遭遇したらしい。すぐに飛びこんでいって、そこで竹刀《しない》を手にしたけれど震えている藤野さんを発見。そして藤野さんが襲われる前に篠原が竹刀《しない》で撃退《げきたい》したそうだ。

その勇気は素晴らしいと思う。しかし掃除のサボりは評価マイナスだ。

今回のことで篠原と藤野さんの仲が近づくかと思ったものの、二人の関係は以前と変わらなかった。相変わらずちょっかいを出しては成敗されている。

「お前、明日はポニーテールをやめたらいいんじゃね？」

「はあ？　なんでよ」

「写真撮るらしいじゃん？　ロングヘアーなら残念な藤野でもマシに見えるって」

「よーしそこに座れ。いま箒《ほうき》を取ってくるから。今日は面ね」

「アドバイスしただけなのにひどくね⁉」

もう少し篠原も素直になればいいのに。藤野さんも楽しそうにしているから、これでいいのかもしれないが。二人がじゃれあっているのを横目に、私は考えこむ。

九月二十二日。あの日は多くのことが変わった日だ。

私の隣はぽっかりと空いている。

帰り道一緒に歩く人も、手を繋いでどこかに出かける人もいない。

未来を変えるなんて言っておきながら、生きて二十三日に得たものは空虚《くうきょ》だった。

急に日常が色あせて、白黒になってしまったように、寂しい。

「鬼塚さん」

古手川さんに声をかけられ、我に返る。

「今日も寄るの？」

「うん。背負わされちゃったから、面倒みないと」

どこに寄るのか皆には話している。私が鍵を見せると古手川さんは「そっか」と頷いた。

ふと見れば、篠原と藤野さんはまだじゃれあっていた。これでは私のクラスも掃除が遅れそうだ。

学校を出て慣れた道を行く。掲示板には町内会作成の真新しいポスターが貼られていた。『若者も高齢者も協力しあう兎ヶ丘』と書かれ、その下には防犯への意識を高めようと文言が書いてある。

協力なんて言葉、以前の私は嫌っただろう。今は進んで協力しあいたいとは思わないけど、たまになら悪くはない。

秋色に染まっていく町を眺めながらマンションに向かう。そこは鷺山が一人暮らしをしていた場所だった。鍵を使って、扉を開ける。閑散《かんさん》としている部屋は、住人がいないためより寂しくなっている。

「ゲンちゃん、小屋掃除しにきたよ」

声をかけながらケージを覗くと、ゲンゴロウが出迎えるように立ち上がっていた。身を伸ばして天井付近の檻を掴む。

私が背負わされたのはゲンゴロウの世話だった。今はクーラーをかけずとも涼しいけれど小屋の掃除や餌はやらなければいけない。小屋掃除の間はお散歩も。準備をしてケージの扉を開けると、ガタンと床網を大きく揺らしながら、ゲンゴロウが出てきた。

鷺山は、こうなることを予測していたのだろう。部屋にはゲンゴロウの世話についてまとめたメモが残してあった。Ａ４用紙六枚分という細かさには正直うんざりしたけれど。

ペットシーツを替えて、トイレも綺麗に片付ける。給水ボトルの水も入れ替えたら、あとはご飯の用意だ。

「えーっと……小松菜とセロリでしょ。あとは――」

メモの内容はある程度覚えたけれど、野菜たちは毎回戸惑う。ゲンゴロウは野菜を好むので欠かさず入れてほしいとのことだった。野菜が足りなくなったら買いに出て、部屋の冷蔵庫で保管している。

あともう一種類用意するはずだったけれど思い出せない。もう一度お世話メモを確認しようと冷蔵庫に手を伸ばし――そこでゲンゴロウが走った。ぴょん、と足を斜めにしながら飛び上がる、嬉しい時の跳ね方だ。

今日は随分元気だ。振り返ろうとする私を止めるように、声がした。

「おやつとしてリンゴをほんの少し、ですね」

ここには私とゲンゴロウしかいないはずなのに。

懐かしい声音を確かめるべく、おそるおそる視線をやる。

「え……どうして、いるの」

体は硬直して、声が震えた。

けれど対面する彼は、抑揚《よくよう》のない声で淡々と告げる。

「どうしてと言われても、ここは僕の家です」

「だって病院にいるんじゃ……」

「今日退院でしたので」

「え……」

「通院はしますが、家に帰っていいそうです。連絡入れましたよ」

呆然としながらもポケットに入れたスマートフォンを取り出す。

連絡はきていない。

「知らない。見てない。届いてない」

頭が追いつかず、短文しか喋れない状態になっていた。

鷺山は首を傾げながら自分のスマートフォンを見ていた。

「すみません。気が急いて、未送信のままでした。再送します」

すると私のスマートフォンが光った。メッセージが一件、送り主は鷺山だ。本文は

という と『退院が決まりました』と淡泊《たんぱく》な報告で、しかも目の前にいるのだから今さら送られても意味がない。

ここに、鷺山がいる。

頭からつま先までを舐めるように見て、それでも実感がない。

「幽霊じゃないよね？　生きてる？」

「生きてます。確かめてください」

どうぞ、と付け足して鷺山が首を少し横に向ける。

手が震えた。何も音が聞こえなかった時を想像して怖くなる。例大祭最終日の感覚がまだ指先に残っている。

おそるおそる手を伸ばし、触れる。脈を取るなら手首にすればいいくせに私たちは不器用だ。頸動脈《けいどうみゃく》の方が探しづらいのに。

そしてゆっくりと、指先に伝わる音。

とくん、と一つ音が刻まれるたび、例大祭最終日の感覚を上書きしていく。生きている。指と首の皮膚の下で、優しい音色を奏でる生存証明。

「生きてる」

「はい。幽霊ではありません——そもそも、僕が生きていることは知っていたじゃないですか」

鷺山が呆れていたので手を離す。

彼の言う通り、一命を取り留めたことは知っていた。病院にお見舞いも行った。けれどこうして病院外で会わなければ生きている実感がない。私のいない間にあっさりと亡くなって、幽霊になって会いにきたのではないかと怖くなる。

「だって鷺山は勝手に私を置いていこうとするから」

「大丈夫です。僕は皆さんに助けていただきましたから」

例大祭最終日。意識を失って倒れた鷺山は、危険な状態にあったらしい。一歩間違えれば亡くなっていた。彼を襲ったのは致死性不整脈《ちしせいふせいみゃく》だった。

こうして助かった大きな理由は、初期対応が早いことだった。

あの日、私たちは想像以上にたくさんのものを積み上げていた。鷺山が助かるための要素を私たちは揃えていたのだ。

まず、あの場に古手川さんがいたこと。

彼女の祖父は鷺山と同じ致死性不整脈《ちしせいふせいみゃく》で突然倒れて亡くなった。祖父の死に何もできなかったことを悔やんでいた彼女の目の前で、鷺山が同じような倒れ方をしたのである。すぐに脈を取り、周りの人たちに助けを求めた。

だが町内会は不審者を取り押さえるのに忙しく、旧道にいた人たちも距離を空けていたためこちらの騒動に気づくのは遅れた。

それをカバーしたのが、藤野さんと篠原だった。

彼らが所属する剣道部は救命講習を受けていた。篠原が嫌がっていたペンギン柄パンツ事件の講習会で、その内容はAEDを用いた人命救助。

もしも藤野さんが怪我《けが》を負っていたのなら、ここで適切な処置をすることはできなかっただろう。その後にお祭りにきていた看護士の人が駆けつけたけれど、一分一秒を問われる場面で無駄な時間なく動けたのは、剣道部の二人のおかげだ。

また、AEDもすぐに見つけることができた。

もしも町内会員たちが酒に酔っていたのなら、事件などおきないと油断をしAEDの保管場所も変わっていたかもしれない。いつ起こるかわからない危機に備え、すぐ持ち出せるよう長机に置いていたのも功を奏した。

これらのことが積み重なり、鷺山悠人は一命を取り留めた。

情けないことに私は何もしていない。あの日、神社の奥で滑って落ち、気がついた時にはスマートフォンが光っていて、鷺山が運ばれた病院や容態を伝えるメッセージが届いていた。

つまり事が終わったあと。

「……私だけ何もできてないから」

皆は冷静に動いていたのに私だけパニックだった。

自嘲《じちょう》しながらゲンゴロウを撫でる。

ゲンゴロウは座りこんだ私たちの間で、体や足を伸ばしてリラックスしている。うさぎは額を撫でられるのが好きで、ゲンゴロウも例外ではない。額の部分をそっと撫でると気持ちよさそうに目を細めた。その部分だけ毛はふわふわとせず、少し脂っぽい。たくさん撫でられているのだとわかる証拠だ。

鷺山はゲンゴロウに目を落とし、それから思い出したように呟いた。

「香澄さんは何もできていないと言いますが、僕は違うと思います」

「どうして？」

「意識を失っている間、夢を見ました。その夢が少し、変だったので」

変とはどういう意味だろう。

気になってゲンゴロウを撫でる動きが止まった。急に撫でられなくなったので不安になったのかゲンゴロウの瞳が開く。耳がぴんと張った。

「真っ暗な中に、白くぼんやりとした光が見えました。その場所は強く風が吹いていて、僕は吸いこまれそうでした。例えるならそうですね、風の音や吸引力は掃除機でしょうか」

「掃除機の夢……それは変な夢」

「例えですよ。とても恐ろしく感じて、何かに掴まろうとしたけれど何もなく、僕は吸いこまれかけていました。その時に、うさぎが見えたんです」

「うさぎって、ゲンちゃんが出てきた？」

「ゲンゴロウではないと思います。はっきりと見えなかったのですがなぜか僕にはうさぎだとわかりました。そのうさぎが、鳴いていたんです」

私は首を傾げた。うさぎは声帯がないはずだ。鳴いていたとしてもそれは食道からの音や空気を鳴らしているだけのはず。

「鳴き声は人間の泣き声に似ていました。すすり泣いている。本当のうさぎならあり得ないことです。だから香澄さんが泣いていると思いました。香澄さんの涙を止めなければいけないと強く想って——その時、うさぎが跳ねたんです」

「……あ」

うさぎの跳ねる音。

違うかもしれないけれど、私は例大祭最終日にその音を聞いている。

境内《けいだい》の奥に滑り落ち、意識を失う直前に。

鷺山は顎に手を添え、記憶を辿りながら続ける。不可解な夢が鷺山を戸惑わせているようだった。

「うさぎの後ろには赤い光がありました。けれどうさぎは赤い光でも、白い光でもない、別の道に向かって跳ねていきました」

「別の道……」

「夢はそこで終わるので、面白い結末はありません」

変な夢ですみません、と鷺山は結んだけれど。何か意味があるのかもしれないと考えていた。

二つの月のうちどちらか。その選択によって後悔し続けたうさぎ様が、どちらでもない未来を与えてくれたのかもしれない。後悔はない、誰も死なない未来を。

「夢の話はともかく。僕が助かったのは、香澄さんのおかげだと思っています。あの場面に皆さんを集めてくれたのは香澄さんです」

「……そう、だといいけど」

「僕が生きるために必要な人たちを繋いだのは香澄さんです」

友人たち、町内会、幽霊話にうさぎ。

十六日間で出会ったものは全て繋がっていて、私たちは生きている。

鷺山は煩《わずら》わしそうに前髪をかき上げていた。入院していた間野放しにされた前髪は、伸びてて不便そうだ。

「ねえ。せっかくだからさ、髪切ってあげる」

「今ですか？」

「生きたら前髪を切ってあげるって約束したじゃん。ハサミどこ？」

彼は渋々といった様子で棚の引き出しを指でさす。開けてみるとヘアカット用のハサミが入っていた。

ゲンゴロウを小屋に戻し、新聞紙はないのでペットシーツに鷺山を座らせる。穴を開けたゴミ袋をケープ代わりにしてかぶせた。たかが前髪のカットに大げさだと笑っていたけれど、部屋に髪の毛が散らかるよりはいい。

眼鏡を外し、そして、ハサミを入れる。

重たく長い前髪がばっさりと切られて、ケープに落ちた。

「……あ」

少し切りすぎたかもしれない。まあ、何とかなるだろう。

動揺を悟られぬよう平常心を装って、再び切っていく。

綺麗な瞳が見えた。前髪を切られていることで緊張しているのか目を伏せている。まつげが長い。

「このまま後ろも切ってあげようか」

「前髪が仕上がってから判断させてください」

「大丈夫。私、鷺山よりも上手だから」

「根拠がない発言すぎて不安になります」

こういう時だって信じてくれればいいのに。

そして、しばらく無言が続いた。ハサミの動く音と切られた髪がケープに落ちる音だけが響く。

心地よい時間だ。この幸せを手に入れたかった。

やっぱり私は、鷺山悠人が好きだ。

「ねえ、もし三度目の予知を見たらどうする？」

聞くと、鷺山は間髪をいれず「勘弁してください」と答えていた。

私はというと。九月に置いてきたはずの夏の香りを思い出していた。

駆け抜けていった十六日間。

私たちが作った奇跡。

この未来を掴んだ今だから、この男に告げたいことがある。

「次は、自分が死ぬって言わないで」

「……はい」

「私のことが好きなら、生きてよ」

「はい……約束します」

それは、ずっと聞きたかった言葉。ようやく約束してくれた。

前髪の長さを切り揃え、最後の仕上げとして確認する。すっと通った鼻筋や綺麗な瞳。私はこっちの鷺山の方が好きだ。爽やかで格好いいと思う。

「できたよ。目を開けて」

眼鏡を付け直してそう言うと、おそるおそる瞼《まぶた》が動いた。

鏡を見るそのまなざしは、驚きに揺れている。

「どう？」

「世界が明るくなりました」

鷺山は笑っていた。

さっぱりとした前髪の向こう、眼鏡の奥で優しく細められた瞳。

前髪を切っていない私も、世界が明るくなった気がした。

この物語の中で、
私は脇役にしかなれない

かつて将来を約束しあった、幼馴染の千歳と拓海。北海道の離島で暮らしていた二人だけれど、甲子園を目指す拓海は、本州の高校に進学してしまう。やがて三年が過ぎ、ようやく帰島した拓海。その隣には、「彼女」だという少女・華の姿があった。さらに華は、重い病にかかっているようで——すれ違う二人の、青くて不器用な純愛ストーリー。

◉定価:726円(10%税込)　◉ISBN:978-4-434-30748-5　◉Illustration:爽々

◉定価：770円（10%税込）　◉イラスト:萩森じあ

ISBN:978-4-434-33899-1

この作品に対する皆様のご意見・ご感想をお待ちしております。

おハガキ・お手紙は以下の宛先にお送りください。

【宛先】

〒150-6019 東京都渋谷区恵比寿 4-20-3 恵比寿ｶﾞｰﾃﾞﾝﾌﾟﾚｲｽﾀﾜｰ 19F
（株）アルファポリス　書籍感想係

メールフォームでのご意見・ご感想は右のＱＲコードから、
あるいは以下のワードで検索をかけてください。

アルファポリス　書籍の感想　検索

ご感想はこちらから

アルファポリス文庫

一途《いちず》に好《す》きなら死《し》ぬって言《い》うな

松藤かるり（まつふじ かるり）

2025年 4月 25日初版発行

編集ー加藤美侑・森 順子
編集長ー倉持真理
発行者ー梶本雄介
発行所ー株式会社アルファポリス
〒150-6019東京都渋谷区恵比寿4-20-3 恵比寿ｶﾞｰﾃﾞﾝﾌﾟﾚｲｽﾀﾜｰ19F
TEL 03-6277-1601（営業） 03-6277-1602（編集）
URL https://www.alphapolis.co.jp/
発売元ー株式会社星雲社（共同出版社・流通責任出版社）
〒112-0005 東京都文京区水道1-3-30
TEL 03-3868-3275
装丁イラストーゆどうふ
装丁デザインー木下佑紀乃+ベイブリッジ・スタジオ
印刷ー中央精版印刷株式会社

価格はカバーに表示されてあります。

落丁乱丁の場合はアルファポリスまでご連絡ください。

送料は小社負担でお取り替えします。


ISBN978-4-434-35630-8 C0193